文春文庫

その霊、幻覚です。

視える臨床心理士・泉宮一華の嘘 3

竹村優希

文藝春秋

目次

登場人物紹介

泉《いず》宮《みや》一《いち》華《か》

宮益坂メンタルクリニックの臨床心理士。由緒ある寺の長女として生まれ、高い霊能力を持つ。翠と一緒に「心霊調査」をすることに。

四《よ》ッ《つ》谷《や》翠《すい》

心霊案件専門の探偵。一華と同じく霊能を生業とする家の長男だが、今は能力の一部を失い、跡取り候補から外されている。

泉《いず》宮《みや》嶺《れい》人《と》

一華の兄で、寺の跡取り。地元の霊能師界隈から一目置かれる存在。

イラスト・鳥羽雨

その霊、幻覚です。

視える臨床心理士・泉宮一華の嘘

3

まるで、悪夢のような夜だった——と。

一華《いちか》は布団に潜って枕を抱きしめながら、昨晩の出来事に思いを馳せた。

時刻は朝の五時過ぎ。

まったく眠れる気配がない原因は、昨晩の嶺人《れいと》の来訪に他ならない。

七歳上の兄・嶺人は、なんの前触れもなくいきなり一華のもとにやってきて、渋谷《しぶや》の街中で嶺人節を炸裂《さくれつ》させた。

あれ以来、一華の精神はおかしな覚醒《かくせい》をしてしまっている。

ひたすら頭を巡っているのは、これから自分はどうなってしまうのだろうという途方もない不安。

もっとも堅い予想としては、強引に実家である奈良の蓮月寺《れんげつじ》に連れ戻され、改めて蓮月寺の娘としての務めを叩き込まれ、同じく霊能を生業《なりわい》とする良い家柄に嫁に行くことで、持ち駒としての役割を全うすること。

一度は自由を摑《つか》んだ一華にとって、それは地獄以外のなにものでもなかった。

長い溜め息が零《こぼ》れ、目の前で丸くなっていたタマが耳をピクリと動かす。

「……あなたは、翠《すい》のもとに戻った方がいいかもね。嶺人に見つかったらきっと消されちゃうから」

そう言いながらタマの背中を撫《な》でていると、すべてが終わってしまうという実感がリアルに込み上げ、なんだか呼吸が苦しくなった。

「それにしても、あの男……」

同時に頭に浮かんできたのは、放心する一華を他所《よそ》にイカ入り焼きそば作りに苦戦していた、あまりにものん気な翠の様子。

あのときはまともな精神状態ではなく、はっきりと覚えてはいないけれど、翠はわざわざスーパーをはしごしてまで生のイカを手に入れ、動画サイトを参考に四苦八苦しながらそれを捌《さば》き、しかし結局は下処理がうまくいかず、致命的に生臭いイカ焼きそばを完成させ、あろうことか一華に大盛りにして差し出した。

いくら集中していなかったとはいえ、それがどれだけ酷《ひど》い味だったかは、一華の脳裏に強烈に刻み込まれている。

その後、なぜわざわざ捌けもしないイカを買ったのか、半調理済みの冷凍イカでは駄目だったのか、どうやったらこんな味になるのかと散々文句を言ったことも、ぼんやりと記憶していた。

本音を言えば、本気で味に腹を立てていたわけではない。

そのときの一華には、単純に、とりとめもない不安をぶつけるためのなにかが必要だった、という話だ。

そして、そのあまりにも不味《まず》いイカ入り焼きそばこそ、丁度いい矛先だったように思う。

「……さすがに、そこまで計算してるわけないよね」

口では否定したものの、意外と聡《さと》い翠のことを考えると、完全には言い切れない自分がいた。

ただ、混乱のせいで翠に醜態《しゅうたい》を晒《さら》したことは紛れも無い事実であり、それもある意味、昨晩の悪夢の一端だった。

いっそこのまま永遠に眠ってしまいたいと思いながら、一華は固く目を閉じる。

けれど眠気は一向に訪れず、諦めて本でも読もうかと考えはじめた、そのとき。

突如、マンションのエントランスからのインターフォンが鳴り響いた。

「……まさか」

たちまち心臓が激しい鼓動を鳴らしはじめる。

朝の五時過ぎという時間帯から、一般常識を持つ人間の所業でないことは言うまでもないが、なにより一華には、日常的に五時前から起きて行動を開始する人間に、たった一人だけ心当たりがあった。

一華は一度深呼吸をして心を落ち着け、ベッドから下りてキッチンへ行き、おそるおそるモニターを確認する。

そして、モニターに映し出された悪夢の続きのような映像に、クラッと眩暈《めまい》を覚えた。

立っていたのは、言うまでもなく嶺人。

嶺人はモニターのカメラをまっすぐに見つめ、間もなく画面が暗転するやいなや、ふたたびインターフォンを鳴らした。

「嘘でしょ……」

家の住所は当然知られており、近々訪ねて来るだろうと覚悟してはいたものの、昨日の今日で、しかも五時過ぎに現れるなんて、もはや狂気の沙汰だ。

できれば応答したくなかったけれど、こんな時間からエントランスでインターフォンを連打する男など百パーセント不審者であり、通報でもされたらおおごとだと、一華は渋々通話ボタンを押した。

「嶺人……、今何時だと思っ——」

「一華、頼む。開けてくれないか」

「………」

食い気味の訴えが、一華の眩暈を悪化させる。

スピーカー越しであっても、どれだけ近所迷惑な声量であるかは、嫌という程伝わってきた。

こんなところで言い合いでも始めようものなら即座に苦情が来るだろうと、一華は脊《せき》髄《ずい》反射的に解錠を押す。

すると、すぐに嶺人は画面から消え、スピーカーからは性急な足音が響いた。

「普通の人間が朝っぱらから出せる声量じゃないのよ……」

一華は壁にぐったりと背中を預け、寺の勤めとして嶺人が毎朝欠かさず行っていた読経の風景を思い浮かべる。

思えば、嶺人は地元の霊能師界隈《かいわい》で一目置かれる存在でありながら、いわゆる坊主としての仕事も完璧に行っていた。

どんなに記憶を漁っても、嶺人の怠惰な姿を目にしたことなどただの一度もない。

一華にとっては、それが逆に恐怖だった。

そうこうしている間にも、嶺人が玄関前に着いたのか、外から小さな物音が響く。

今度は玄関のインターフォンが鳴るのだろうと、そしたら今度こそ帰ってもらおうと、一華は憂鬱《ゆううつ》な気持ちでモニターの前に立つ。——しかし。

「一華」

鳴り響いたのはインターフォンではなく、玄関扉をノックする音と、嶺人の肉声だった。

「ちょっ……」

まさかの展開に、一華は慌てて玄関へ走り、ドアスコープを覗《のぞ》く。

その先には、とても早朝とは思えない完成された佇《たたず》まいの嶺人が、まっすぐにレンズを見つめていた。

「ヒッ……」

目が合うはずはないのに射貫かれたような衝撃を受け、一華は思わず悲鳴を零す。

すると、即座に嶺人が反応し、ふたたびノックをした。

「一華。今の悲鳴はなんだ」

「め、目の、圧が……」

「圧？……とにかく開けてくれ。話がしたい」

「ちょっと、待っ……」

「待てないんだ。どうしても」

「で、でん……」

「電話には出てくれないだろう」

ことごとく発言を先回りされながら、一華は心の奥の方で、この人のもっとも嫌なところはこういう部分なのだと、しみじみ実感していた。

非常識さや強引さはもちろんだが、なにより、自分の言葉には必ず耳を傾けてもらえるという全身から溢《あふ》れ出る自信。

すべて相手を思ってのことであるとでも言いたげな、慈愛に満ちた言い方。

檀家《だんか》の中にはそれをありがたがる者も多くいたが、どれにつけても一華にとっては空々しく、むしろ恒常的に難詰されているような威圧感すら覚えていた。

「……話したく、ないの」

「一華。話せばきっとわかり合える」

「今は絶対に無理。まだ混乱してるし、考えもまとまってないから」

「私は、どうしても今、一華の話が聞きたい」

「人の話、聞いてる……？　こっちは、どうしても話したくないんだってば……」

「ずいぶん一華らしくない言葉遣いをするね。まさかそれも奴の影響で――」

「だから、違うって……！　っていうか、そもそも私らしいってなに……？　そういうところが、本当に嫌いなのよ……！」

つい大きな声が出てしまい、一華は慌てて口を覆う。

ただ、このままドア越しに応酬を続けていればヒートアップすることは必然であり、そのときの一華は、いい加減観念しなければならないという窮地《きゅうち》に追い込まれていた。

しかし。

「嫌い、か。……そうだね、一方的だったかもしれない。すまなかった」

返ってきたのは、まさかのしおらしい言葉。

幻聴だろうかと、一華は咄嗟《とっさ》にドアに耳を寄せる。

「い、今、謝っ……」

「ああ、心から反省している。確かに私は、一華のことをすべて知っている気になっていたのかもしれない。君が家にいた頃ですらたまに顔を合わせるくらいだったというのに、とんだ勘違いだ」

「れ、嶺人……？」

「そんなこと、昨晩まで一度たりとも考えたことがなかった。あれ以来後悔に苛《さいな》まれ、いてもたってもいられず、気付けばここへ来てしまった。……あと、お父さんたちにはなにも報告していないから、どうか安心してほしい」

「嘘……、報告してないの……？」

「なにも」

「冗談でしょ……？　お父さんたちに話したから、どんな手を使っても家に連れ戻せって指示されて来たんじゃないの？」

「いいや、違う。それに、お父さんたちが大切な一華に対して、そんな強引な指示をするはずがない」

「…………」

いやするんだよ、と。

即座に込み上げた突っ込みが喉で詰まるくらいに、一華は嶺人の言葉に驚いていた。

もし嶺人の言葉通りなら、これから始まると思っていた破滅への道筋が一旦保留されたことになる。

ただ、だとするならどうしても拭えない疑問があった。

「じゃあ、いったいなにしに来たの……？」

浮かんだまま尋ねると、嶺人は困ったように笑い声を零す。

「さっきから言っているだろう。ただ、一華と話がしたくて来たんだ」

「つまり、それ如何《いかん》で連れ戻すかどうかを決めるってこと？」

「連れ戻す云々の話は、一旦置いておいてほしい。私は、一華が今考えていることを、純粋に知りたいだけなんだよ」

「…………」

少なくともその声色には、嘘をついているような雰囲気はなかった。

ふと頭を過《よぎ》ったのは、昨晩翠が口にしていた、「あの人ああ見えて結構ピュアで、扱いやすい」という言葉。

もちろんそれを鵜呑《うの》みにする程単純にはなれないけれど、一華の心の中に、嶺人は本気で昨晩のことにショックを受け、一華のことを理解しようとしているのではないかという思いが広がりはじめる。

「本当に、話を聞きたいだけ、なの……？」

再度確認すると、ドアの向こうから、嶺人がわずかに緊張を緩めたような気配が伝わってきた。

「ああ、そうだ」

一華は、これ以上は近所迷惑だからと自分に言い訳しながら、覚悟を決めてゆっくりと戸を開ける。

目が合うやいなや、嶺人特有の厳《おごそ》かな空気に当てられそうになったけれど、なんとか持ち堪《こた》え、一華は嶺人を玄関に招き入れた。

そして、嶺人が聞く耳を持つというのならば、自分の本音を正直に話してみようかと考えはじめた、――そのとき。

「……一華、下がりなさい。妙な気配がある」

嶺人は突如声色を変えたかと思うと、寝室の方向へ鋭い視線を向けた。

「は？……妙な気配？」

すぐに頭に浮かんだのは、タマのこと。

嶺人を家に入れるつもりなどまったくなかっただけに、タマには隠れておくよう伝えておらず、額に嫌な汗が滲《にじ》む。

「待って嶺人、その気配は……」

「どうも複雑な術のようなものを感じるな。一華、上がらせてもらうよ」

「ちょっ、勝手に……！」

もはや、言い訳を考える暇などなかった。

嶺人は一華の制止を振り切って廊下を進み、寝室のドアを思いきり開け放つ。

そして、ベッドの上で天井にお腹を向けて転がるタマを見るやいなや眉根を寄せ、胸元の内ポケットからゆっくりと数珠《じゅず》を取り出した。

大粒の翡翠《ひすい》が連なるそれは鈍い光沢を放ちながら、ジャラ、と重々しい音を響かせる。

「ちょ、ちょっと！　やめてよ！」

慌てて叫んだものの、嶺人はいっさい聞く耳を持たず、むしろ一華の方を見もせずに経を唱えはじめた。

「待ってってば！　嶺人！」

咄嗟に数珠を摑んで引っ張ると、嶺人はさらに険しい表情を浮かべる。

「一華、邪魔をしないでくれ。すぐに終わるから待っていてほしい」

「だから聞いてよ！　あの子は違うの！」

「なに、心配はいらないよ。あの程度なら造作もない」

「そ、そうじゃなくて、聞いてってば！」

「さあ、君は少し離れて」

「だから、人の、話を……」

「一華、早く安全なところに――」

「――だから、や、め、ろ、っつってんのよ！」

勢い任せに嶺人から数珠を奪い取った瞬間、紐《ひも》が切れ、玉が方々に弾け飛んだ。

至るところでカツンと高い音が鳴り響き、やがて部屋がしんと静まり返る。

嶺人は大きく目を見開き、信じられないといった表情で一華を見つめた。

それも無理はなく、嶺人が除霊の邪魔をされ、あまつさえ責められるなんて、蓮月寺ではまずあり得ないことだ。

しかも、その相手が自分を尊敬していると信じていた妹であり、おまけにずいぶん汚い暴言を吐かれたとなると、脳内での処理に時間がかかるのは当然だった。

かたや、普段なら必死に弁解を考えているはずの一華は、気味が悪い程に落ち着いていた。

怒りが頂点に達したことも原因のひとつだが、昨晩から寝ずにいろいろと考えた結果、もうどんなに取り繕《つくろ》ったところでこれまで通りの関係を維持するのは無理だと、無意識的に結論が出ていたからかもしれない。

だからこそ、相変わらずいっさい人の話を聞かない嶺人に込み上げた憤りを、自制することができなかった。

「あの子は、私の仲間だから」

もはやどうにでもなれという気持ちで、一華はタマが式神であることを告げる。

途端に、嶺人が瞳を大きく揺らした。

「……なんだって？」

「だから、祓《はら》わせない。絶対に」

「……一華、聞きなさい」

「ううん、聞かない。それに、ここは私の家よ。そうやって、勝手に土足で踏み込んで偉そうに指示しないで」

「待ってくれ。私はただ……」

「というか、――もう、私の人生に関わらないで」

その瞬間、空気が一気に張り詰めた気がした。

嶺人の手のひらに残っていたいくつかの数珠玉が、カツンと音を立てて床に落ちる。

「……人生に……？　一華、君は、……もしかして」

「…………」

「蓮月寺と、――家族と、縁を切りたいのか……？」

伝えた内容はまさにそういうことだったけれど、向けられた問いがあまりにも直接的で、動揺を上手く誤魔化《ごまか》すことができなかった。

しかし、ここまできてもう曖昧《あいまい》にはできず、一華はゆっくりと息を吐き、覚悟を決める。

「あの家にいたら、私は、……死んでいるも同然なの」

「なん、だって？」

「嶺人の言う通りだよ。私は蓮月寺の、……両親や嶺人の、道具になりたくない」

いつも冷静な嶺人であっても、こんなことを言えばさすがに怒りだすだろうと思っていた。

嶺人だけでなく、泉宮《いずみや》家にとってすべてである蓮月寺を侮辱《ぶじょく》したも同然だからだ。

それがわかっているからこそ、一華の頭の中ではすでに、この先どうやって身を隠そうかと、蓮月寺を敵に回した以上もはやこの地にはいられないかもしれないと、今後の不安がみるみる膨らんでいた。――しかし。

呆然とする嶺人の表情から伝わってきたのは、覚悟していたような怒りではなく、わかりやすい程の悲しみ。

嶺人がこうも感情を表に出すことは滅多になく、途端に一華の胸が疼《うず》いた。

けれど、ここで怯《ひる》めばすべてが無駄になる気がして、一華はさらに言葉を続ける。

「私はもう、蓮月寺には一生戻らない。……だから、最初からいないものとして、忘れてほしい」

「…………」

「両親に、報告してもいいよ。……でも、私はどんな手を使っても、蓮月寺から逃げ続ける。……自分の生き方は、自分で決めたいから」

「…………」

大口を叩きながらも、自分には逃げる術も策もないと、――もし父親が本気になれば、それこそどんな手を使ってでも連れ戻しに来るだろうと、一華にはわかっていた。

奈良の蓮月寺には長い歴史と、その間に培《つちか》ったさまざまな業界との繋がりがあり、中には強い権力を持つ人間も多くいて、人を一人探して捕まえるくらい簡単であると知っているからだ。

それでも、たとえこの後にどんな最悪な展開が待っていようと、一華には、自分の意思だけは言っておかねばならないという強い思いがあった。

怖ろしく張り詰めた空気の中、長い沈黙が流れる。

一華は、まるでこれから判決が下るような気持ちで、ただ静かに嶺人の次の言葉を待った。――しかし。

「……私は、本当に、なにも知らなかったんだな」

嶺人が呟《つぶや》いたのは、あまりに弱々しいひと言。

そして、驚く一華を置いて寝室を後にし、ゆっくりと玄関へ向かった。

「れ、嶺人……？」

「今日は、このまま退散しよう」

「あ、あの……」

「確かに、ここは君の家であり、私が勝手に踏み込んでいい場所ではない。……一度、冷静になろうと思う」

口にした内容は至極《しごく》まともだが、それが逆に不気味だった。

言い知れない不安が込み上げ、一華は落ち着かない気持ちで去っていく嶺人の後を追う。

「今日は退散するって、また来るつもり……？」

あくまで強気な態度を崩さずに言葉をかけると、嶺人は上品な仕草で靴を履き、それから一度振り返って目を細めて笑った。――そして。

「決めた」

「え？」

「私は、しばらく東京に滞在する」

「……は？」

「私が知らなかった本当の君を、自らの目で見て、理解したいと思う」

「…………」

一華がその言葉の意味を理解する前に、嶺人は軽く手を振り、あっさりとその場を去る。

残された一華は、嶺人の言葉を頭の中で何度も繰り返し再生した。――そして。

「東京に、滞在、する……？」

この上ない衝撃発言に、頭の中が真っ白になった。

たちまち頭痛と眩暈に襲われ、一華はふらふらと床に座り込む。

もはやなにも考えられず、そのときの一華には、寝室で鳴りはじめたけたたましいアラーム音すら聞こえなかった。――だから。

「――一華がなんと言おうと、絶対に追い払うべき悪い虫もいるしね」

嶺人が去り際に小さく零した言葉も、当然ながら、一華の耳には届かなかった。

第一章

「え、嘘！　嶺人くんが？」

「朝の五時過ぎにいきなり現れて散々大騒ぎしたかと思うと、しばらく東京に滞在するって言い出して」

「まじで！　それめちゃくちゃ面白いじゃん！」

「全、然、面白くないのよ」

その日の就業後、一華は翠からの「相談があるんだけど」という連絡にあっさり応じ、四ツ谷《よつや》の事務所を訪れていた。

いつものように渋らなかった理由は、単純に、家に帰りたくないから。

一華はまだ今朝受けたショックから脱却できておらず、家にいるとまた嶺人がやってくるのではないかという不安に苛まれていた。

「いっそ、引越ししようかな……」

かなり本気でぼやいたものの、翠はあっさりと首を横に振る。

「無駄無駄。嶺人くんが奈良にいるならともかく、都内にいるなら気配でバレちゃうだろうし」

「気配って、私の？　あの人そんなに聡いの？」

「かなり聡いと思うし、とくに一華ちゃんに関してはちょっとしたストーカー入ってるから、なおさら」

「……怖」

引越しすらも無意味と知り、一華はがっくりと肩を落とした。

ちなみに、その後に嶺人から届いたメッセージによると、赤坂《あかさか》のリッツ・カールトンにしばらく滞在するとのこと。

それを見たときは、あの言葉はやはり本気だったのかと衝撃を受けるとともに、五つ星ホテルを仮住まいにする経済力に愕然《がくぜん》とした。

奈良の蓮月寺の主たる収入源は、寺の運営ではなくいわゆる霊能の家業によるもの。

蓮月寺は代々、大物の実業家や政治家などの専属の占い師としてさまざまな場面で吉凶《きっきょう》を占っており、使用人たちの噂によれば、その報酬はあくまで寺への寄付として受け取っているらしい。

言わば税金対策だが、とはいえ寺の家業もただの隠れ蓑《みの》ではなく、占いの太客たちも皆蓮月寺の檀家であるため、さほど後ろ暗いことはない。――と、思っていたのだが。

高級ホテルに長期滞在する程となると、だいぶ印象が違ってくる。

いったいどれだけ法外な金額を受け取っているのだろうかと、一華は自らの実家に対し、なんだか底知れない恐怖を抱いた。

それと同時に、自分は想像以上に寺の内情を知らされていなかったのだと、改めて実感していた。

「やっぱり、どう考えても実家には戻りたくないわ……。距離を置いたことで、どんどん嫌悪感が増してる……」

考える程に頭痛がして、ひとり言のように呟くと、翠は一華のカップにコーヒーを注ぎながら小さく笑った。

「でもさ、無理やり実家に連れ戻されるっていう展開は避けられたんだから、ひとまずよかったじゃん」

「そんなのただの執行猶予よ。しかも居場所まで把握されてるなんて、すでに捕まってるも同然じゃない。……そもそも、私の意思なんて絶対に通らないんだし」

「そうかなぁ」

「そうよ。……もういっそ、嶺人に察知されないくらい遠いところに夜逃げしたいくらい」

「そっかー。じゃあ、行く?」

「……なによ、行くって」

「長野の山奥に、付き合ってほしい場所があるんだけど」

「………」

夜逃げに協力してくれるのかと思いきや、翠の満面の笑みを見た瞬間、一華は、今日は翠の相談を聞くために来たのだという本来の目的を思い出した。

うんざりしつつも、前のめりに事務所に来ておいて拒絶するわけにもいかず、一華は重い溜め息をつく。

「あんたが言ってた相談って、それ？」

「そういうこと！　ねえ、行こうよ。一華ちゃんの希望通り、嶺人くんの追跡が届かない距離だしさ」

「……つまり、また例の〝やばい霊〟の情報を得たってことね」

〝やばい霊〟とは、翠が霊を視《み》るための視力を奪った相手の、唯一の手がかり。

もはや手がかりと呼べないくらい適当な情報だが、一華は翠との協力関係を築いて以来、それだけを頼りに〝やばい霊〟を探し、闇雲に挑み続けている。

今回はいったいどんな目に遭わされることやらと思いながら、一華は説明の続きを待った。――しかし。

「いや、今回は別件」

返されたのは、予想と違う答え。

「え？」

ポカンとする一華を他所に、翠はさらに言葉を続ける。

「今回はやばい霊じゃなくて、……いや、やばい霊に違いはないんだけど、俺の視力を奪った犯人じゃないんだよね」

「……だったら、なにしに行くのよ」

「その霊と、契約したいんだ」

「……はい？」

「新しい式神がほしくて」

「…………」

まるで、ポケモンカードの話でもしているかのような、気軽な言い方だった。

しかし、式神となり得るのは、そこらの浮遊霊とは一線を画する、まさに翠が連れている田中やタマのような、いわゆる強力な霊のみ。

そもそもの話、霊能一家に生まれた一華ですら、霊と契約するなんてアニメの中だけの話だと思っていたくらいだが、翠は当たり前のようにそれをやっている。

「新しい式神がほしい、って言った？」

「言ったけど、……なんか怒ってる？」

「呆《あき》れてんのよ。……だいたい、あんたの視力と無関係なら、私に協力する義理はないじゃない」

「こっちの戦力を上げるのだって重要でしょ。それに、一華ちゃんだって東京から離れたいんだよね？　だったらちょうどよくない？」

「……それは」

「ほら」

満面の笑みで小首をかしげる翠に苛立ちながらも、確かにちょうどいい機会だと考えている自分がいた。

なにより、これを断るとなるとまた、一華にはいろいろと心配ごとがある。

まずもって、翠はこの勢いからして一人でも決行することは必至であり、しかし昨晩嶺人をあっさりと追い払ってくれた翠と今離れてしまうのは、本人には言いたくないが正直心許ない。

あの嶺人を前につらつらと正論を述べただけでなく、「一華ちゃんの汚点になりかねない」とまで言って怯ませるなんて、一華には到底できない芸当だからだ。

さらにもう一つの気がかりとして、〝やばい霊〟を前にした翠が、一華との約束を破って例の黒い影を使うのではないかという不安もあった。

本人はもう極力使わないと言っていたけれど、翠がいつかあの黒い影に蝕《むしば》まれてしまうのではないかと思うと、どうも落ち着かない。

「……いや、それはあくまで、ついでだけど」

「うん？」

「なんでもない。ひとり言」

つい声に出てしまって、一華は慌てて首を横に振る。

一方、翠はとくに気にする様子もなく、ずいぶんご機嫌な表情でタブレットを眺めていた。

「……ところで、なに見てんの？」

「これ？　式神にしたい霊の情報だよ」

「ずいぶんウキウキしてるように見えるんだけど」

「そりゃ、するよ。早く欲しいし」

「……狂ってるわね」

「だってこれ、なんと五百年モノの霊なんだよ？　そんなSSR《スーパースペシャルレア》級が仲間になるなんて激アツじゃん」

「ご、五百年？　そんなのが大人しく式神になんてなるの……？　さっきから思ってたんだけど、相手はポケモンじゃないのよ……？」

「やだな、そんなのわかってるよ」

「絶対にわかってないから言ってるんだけど」

「まあまあ、ちょっとコレ見て」

うんざりする一華の隣で、翠は相変わらず上機嫌でタブレットを操作し、一華に画面を向けた。

渋々視線を向けると、表示されていたのは一枚の画像で、そこには神木などで見かける紙垂《しで》付きの縄が巻かれた、大きな岩が写っていた。

「なに、この岩。やけに仰々しく祭られてるみたいだけど」

「じっくり見て。なにか感じない？」

「なにか……？」

そう言われ、一華はふたたび画像に視線を落とす。——瞬間。突如、全身にゾワッと悪寒《おかん》が走った。

「な、……なんか、変なんだけど」

思わず仰《の》け反《ぞ》る一華に、翠はニヤリと笑う。

「ね、画面からも溢れ出てるでしょ？　なにせこの岩には、相当やばいのが封印されてるんだ」

「やばいのって、どういう……」

「ひと言で言うなら、怨霊《おんりょう》かな。祟《たた》り神《がみ》って言い方もある」

「怨霊に、祟り神……」

怨霊や祟り神というのは、大昔の日本での、浮遊霊や地縛霊の呼称。

ただ、その呼称の時代から現代まで存在し続けている霊など滅多におらず、翠がさっきサラリと言った〝五百年モノの霊〟という言葉が、一華の中でたちまちリアルさを帯びた。

しかし、怨霊となるとその危険さはこれまでとは比較にならず、少しでも霊能に通じる人間なら、絶対に関わりたがらない存在の代表格とも言える。

にも拘《かかわ》らず、翠はまるで恋でもしているかのようなうっとりした目で、画像の岩を見つめていた。

「さっき言った通り、この怨霊は五百年以上前から存在していて、この岩の周囲の村々でずっと語り継がれてきたんだって。まぁどこもとっくに廃村になってるから、今は古い史料にギリで史実が残ってる程度なんだけど」

「……そんなの、どうやって知ったのよ」

「ホラーマニアの間では、結構有名な話なんだよ。日本の怨霊界隈ではレジェンドみたいな存在だし」

「ちなみに、語り継がれてきた内容っていうのは……？」

「史料によって多少の違いはあるけど、ざっくり言えば、〝この岩には、大昔失恋を苦に自殺した、男に対して強い恨みを抱えるお姫様が封印されてる〟みたいな感じ。安易に近寄ると目を付けられて、しつこく付き纏《まと》われた上、生気を吸われるんだって」

「お姫様とか生気を吸われるとか、聞いた限りでは、どこにでもある眉唾な伝説みたいな雰囲気だけど」

「でしょ？　だから俺もずっと懐疑的だったんだけど、そんなときにたまたまこの画像を見つけちゃって。こんなの見ちゃったら、もう疑いようがないじゃん。俄然《がぜん》欲しくなって、そこからいろいろ調べたんだよ。もちろんネット上の嘘くさい噂を集めたわけじゃなく、ありとあらゆる古い史料を探しまくって、この辺りの土地やかつて存在した村に関する史実を徹底的に渫《さら》ったんだ」

「…………」

口調に込められた熱から翠の本気度が伝わり、正直一華は引いていた。

それなりの霊能者であっても尻尾を巻いて逃げるような相手だというのに、自分のものにしようだなんて、豪傑《ごうけつ》を超えてもはやアホだと。

本音を言えば止めたいところだが、過去にない程の食いつきっぷりから察するに、とても無理だろうと一華は思う。

一方、翠は一華の心情など知らぬとばかりに、さらに説明を続けた。

「でね、古い史料によれば、戦国時代、この辺りは小笠原《おがさわら》氏の系譜の大名が治めていたみたいでさ。ちなみにその大名、超イケメンだったらしくて――」

翠が語り出した話によれば、その大名は遠方まで名が轟《とどろ》く程の美青年だったそうだが、正室、つまり本妻を心から愛しており、側室を一人も持たなかったらしい。

しかし、正室はなかなか子を成せず、やがて周囲の人間からの圧により、大名はなかば無理やり側室を持たされることになったのだが、その相手こそがまさに、同じく小笠原氏の系譜の姫君であり後に恐ろしい怨霊となる、当時十四歳の珠姫《たまひめ》。

珠姫と大名は何度も顔を合わせたことのある比較的気安い間柄であり、お陰で大名を納得させることが叶ったものの、厄介だったのは、珠姫が大名に対し、幼い頃から強い恋心を持っていたこと。

最初こそ、側室に選ばれたことを喜んでいた珠姫だったが、大名は依然として正室以外にまったく興味を示さず、珠姫はその幼さも手伝ってか、次第に強い不満を募らせていく。

なまじ本気で恋をしていただけに寂しさはひとしおであり、やがて、その思いは本人も気付かないうちに、嫉妬や恨みへと変化していった。

そして、珠姫が側室になって一年が経った頃、珠姫の耳に届いたのは、正室が懐妊したという衝撃的な知らせ。

珠姫は酷くショックを受け、食べ物も喉を通らず、すっかり憔悴《しょうすい》しきった後に選んだのは、自害。

さすがに周囲には同情的な意見が多く、珠姫はその後、手厚く弔われた。――けれど。

珠姫が長きにわたって燻《くすぶ》らせ続けた念は、その程度では到底癒《いや》されなかった。

珠姫の死の直後から大名家を襲ったのは、夜中に珠姫の泣き声が響き渡るという恐ろしい現象。

それればかりか、珠姫が夜な夜な大名家を彷徨《さまよ》っているという噂まで流れ、しかも実際に姿を視たという者が、次々と病に倒れはじめた。

ついには産まれたばかりの嫡男までもが原因不明の高熱を出し、事態を重く見た大名は徹底的に悪霊祓いをしようと、方々から手当たり次第に名のある霊媒師を呼びつけたらしい。

しかし、それでも珠姫の怒りは一向に収まらず、周囲の人間が次々と死に、もはや誰もが大名家の破滅を覚悟した矢先、――突如現れたのが、修行のために全国を行脚《あんぎゃ》していた高名な僧侶だった。

聞けば、その僧侶は過去に数々の怨霊の怒りを収めてきた熟練者らしく、大名家に来たのも、珠姫の恐ろしい気配を感じ取ったからだという。

大名は、これはなにかの思し召しであると僧侶に最後の望みを掛け、珠姫を祓ってほしいと頼み込んだ。

結果、僧侶の尽力によって大名家はようやく珠姫の怨念から逃れることが叶った。

——の、だが。

僧侶の力をもってしても珠姫の怨念を完全に祓いきることはできず、苦し紛れに講じた策こそが、大名家の裏山の大岩に、珠姫の怨霊を封印するというものだった。

ただし、苦し紛れという表現の通り、封印の効果は長くとも百年程度。

いずれ解けてしまうという事実を聞かされた大名は、自らの子孫に大きな負の遺産を残してしまったと、酷く絶望した。

そんな姿を見かねた僧侶によって交わされたのが、未来永劫《えいごう》、自らの弟子たちによって岩の封印を百年ごとに改めるという約束。

それにより、大名家はその後も怨霊から守られ続けた。——というのが、大岩に関する言い伝えの一部始終らしい。

「——史実って言っても半分物語調だし、どこまで本当かはわかんないけど、少なくとも封印が守られ続けたってのはこの岩を見れば一目瞭然《いちもくりようぜん》なわけ。で、それがまさに今、解けかかってるんだよ。なにせ目撃情報が年々増えてるし、写真からは陰気な気配が漏れまくってるわけだし」

「つまり、今がちょうど封印が解ける百年周期にあたるってことね。……なら、そろそろ僧侶の弟子の出番なんじゃないの」

「まぁそういう約束をしたはずなんだけど、こうして解けかけてるってことは、お坊さんの弟子もついに途絶えちゃったんじゃないかな。なにせ戦争やら天災やらいろいろあったし、むしろ百年前まで約束が守られてたことの方が奇跡っていう」

「つまり、もう封印はできないと」

「そう。だったら、俺が貰いたいなって」

「…………」

重ね重ね、大昔の物々しい話と翠のテンションが合わず、一華は酷い眩暈を覚える。

とはいえ、怨霊が本格的に復活してしまえばその被害は計り知れず、もはや聞かなかったことにするわけにもいかなかった。

「ちなみにだけど、封印が解けたらどうなるの？　もう大名はいないわけだし、怒りをぶつける先がないでしょう？」

「いや、怒りっていうより、珠姫は単純に、溜まりに溜まった鬱憤《うっぷん》を晴らしたいんだと思うんだよね。いくら大名が好きだったたって言っても、自分が正室になれないことは理解してただろうし。ただ、まさかまったく会いにきてくれないなんてさすがに想定外で、自分の価値を否定されたように思ったんじゃないかなって。お姫様として大切に育てられたぶん、余計に」

一華は翠の推測を聞きながら、珠姫が抱えていたであろう寂しさに、ほんの少し共感していた。

霊能一家の長女というよくわからない価値を付けられ、ただの持ち駒としてしか見てもらえなかった自分と、少し通じるものがあると。

もっとも、五百年前に生きた女性たちの価値観は現代の物差しで測れるものではないが、つい自分と重ね合わせてしまったせいで、一華の心には、なんとも言えないモヤモヤした思いが広がっていた。

「一華ちゃん、どうかした？　ずいぶん険しい顔してるけど」

「いや、別に。……で？　もし珠姫が封印から解き放たれたとして、彼女の鬱憤はどうやったら晴らせるの」

「それなんだけど、珠姫の被害に遭ってきた人たちの体験談を見る限り、珠姫は近寄ってきた男に狙いを定めて、憔悴するまでしつこく付き纏ってるわけ。だから、多分だけど、誰かに愛されたいんだと思うんだよ。愛情と恨みは表裏一体だってよく言うし」

「……愛されたいあまり、死に至るまでしつこく追い回してるってこと？」

「矛盾してるって言いたいんだろうけど、霊は理屈で動けないからさ。……ともかく、誰かに愛されたり必要とされることで、現代風に言えば承認欲求が満たされて、落ち着くんじゃないかなって」

「愛してもらえば、満たされるの？」

「まあ、多分？」

「で、……あんたが、愛してやるってこと？」

「愛するっていうか、受け入れるっていうか」

「……よりによって怨霊を？　あんた、そんなに女に飢《う》えてんの？」

「強い霊にはいつだって飢えてるよ」

「………………」

迷いのない即答を聞きながら、この男は自分が思っていた以上に変人らしいと一華は思う。

正直、もう勝手にしろと、自分はいっさい関わらないと言ってしまいたいくらいだったけれど、珠姫がふたたび封印される見込みがないことを知ってしまった以上、簡単に匙《さじ》を投げるわけにもいかなかった。

「……そもそもだけど、そんな怨霊を相手にして翠は大丈夫なの？　高名な僧侶ですら祓えなかったくらいなのに」

「いやー。愛が重そうだよね」

「ふざけないで」

「ふざけてないって。っていうか、俺は別に祓うわけじゃなくて、契約しないかっていう提案を持ちかけるだけだからさ。喧嘩じゃなくて、いわば、平和的交渉。強引に追い払うのとはワケが違うよ」

「だからって、聞く耳を持つかどうかわからないじゃない。五百年も封印されてたような相手に、当たり前に話が通じるなんて思えないんだけど」

「大丈夫、彷徨ってる霊なんて基本そういう感じだし、扱いには慣れてるから。それに、式神になれば向こうにとっても利があるわけじゃん」

「それは……」

式神にとっての利とは、あくまで翠いわく、式神として保護されることで必然的に他の霊たちからの悪影響を受けず、魂の浄化が早まるというもの。

つまり、契約して式神になれば、ひたすら彷徨い続けて自然に癒されるのを待つよりも、ずっと浮かばれやすいらしい。

ちなみにこっちサイドの利としては、田中やタマのように心強い協力を得られることであり、そうなれば、翠の目的の達成の大きな助力になる。

考える程に、一華の思考もまた、実は式神契約こそがもっとも現実的なのではないかという方向に傾きはじめていた。

そもそも、怨霊を祓える能力者に心当たりがない以上、封印が解けてしまった場合の対策なんて他にはない。

しかし。

「一応聞くけど、もし交渉が決裂した場合は？」

「秒殺されるんじゃない？」

念の為の確認に対し、最悪な答えをサラリと口にした翠に、一華はどっと脱力した。

「秒殺……」

「なにせ、怨霊だもん」

これだからこの男との会話は油断できないのだと、一華はつくづく思う。

もはや怒る気力も失せ、一華は諭《さと》すように翠を見つめた。

「一応、聞いておくけど。……この件って、翠の視力云々の話とは無関係なのに、命を危険に晒してまでやるべきことなの？」

翠は一華の思いなど知らぬとばかりに、平然と笑う。

「さっきのはただ質問に答えたってだけで、死ぬ気なんてさらさらないから心配いらないよ。俺、交渉には自信があるし」

「ちょっと舐《な》めすぎじゃない？　恋愛の恨みはそう簡単なものじゃないのよ」

「経験者みたいな言い方するじゃん」

「殴られたいの？」

「冗談だよ。……ってか、本当に大丈夫だって。だいたい、死を想定しなきゃいけないような場所に、大切な一華ちゃんを誘うわけがないし」

「………」

思わず言葉を失ったのは、大切などと言われて動揺したからでは決してない。

翠の言葉には、悪い意味で、確かにその通りだという納得感があったからだ。

なにせ翠には、追い込まれてもなんの相談もせず、一華だけを逃がそうとした前科がある。

その後、これからはすべて相談するようにという約束を無理やり交わしたけれど、現時点では、まだ信用に足る程の実績がない。

「……確かに、そうかもね」

思わず低い声が出てしまい、翠がわずかに瞳を揺らす。

しかしこの件をネチネチと引っ張り続けるのも本意ではなく、一華はすぐに表情を戻し、頷いてみせた。

「わかった。じゃあ、行きましょう。どうせあんたが捕まえようが失敗しようが、その珠姫とやらを放置しておくのは危険なんだし」

「やった！　じゃあ、早速週末に決行ね！」

ようやく了承した一華に、翠はパッと明るい表情を浮かべる。

かたや一華は、嶺人から離れたいという愚痴を言いにきただけだというのに、まさか怨霊捕獲作戦を実行することになるなんてと、心からうんざりしていた。

週末。

一華たちは夕方に東京を車で出発し、長野へ向かった。

ずいぶんのんびりしたスタートだが、翠によれば、珠姫は夜間の遭遇情報が圧倒的に多いため、それに合わせたいらしい。

夜中にいわくつきの山に入るなんて、霊能に精通する人間の間では自殺行為とされているが、ここ最近でそういう状況を何度も経験してきた一華はすっかり慣れてしまっていて、もはや文句を言う気にもならなかった。

それよりも、五百年モノの怨霊という迫力満点の肩書きに今さらながら怖気《おじけ》付き、目的地が近付くにつれ強い緊張を覚えていた。

一方、翠はいつも通りいたってご機嫌な様子で、次第に長閑《のどか》になっていく景色の中、軽快に車を走らせる。

そして、カーナビからいよいよあと三十分程で目的地に到着という案内が流れた頃、ふと、唐突な疑問を口にした。

「ところで、嶺人くんってずっとホテル住まいしてるみたいだけど、後継ぎなのにそんなに蓮月寺を離れてて大丈夫なの？」

「……なに、急に」

「なんとなく」

問われて改めて考えてみれば、嶺人はあれ以来一華の家に押しかけてくることもなければ、思ったより連絡もない。

様子を窺《うかが》うような簡素なメッセージなら一日に数回届いているが、その控えめな感じが逆に気味悪く、一華はひとまず無難な返事を戻していた。

「私にはよくわかんないけど、不在中の寺の采配で忙しいからこそ、こっちにあまり連絡がこないんじゃない？」

一華は適当な答えを返しながら、密かに、嶺人が過干渉を控えている理由を思い浮かべる。

実家関連の対応が忙しいことを除けば、一華には心当たりが二つあった。

一つ目は、一華に本音をぶちまけられて強い衝撃を受け、これまで通りの対応をすることに躊躇《ためら》いを感じていること。

そして二つ目は、翠が言ったように嶺人は一華の気配からだいたいの行動を把握していて、そのぶん油断しているということ。

二つ目が正解の場合は、一華がみるみる東京を離れている今、徐々に薄くなっていく気配に嶺人はかなり焦っているはずだ。

一方、嶺人の監視下から逃れたいと望む一華にとっては、解き放たれたような気持ちだった。

「采配って、まさか東京からリモートでお弟子さんたちに指示を出してんの？……寺も新時代って感じだね」

「多少は時代の流れに合わせないとやっていけないでしょ。……ただ、少なくとも父は嶺人の今回の行動を良く思ってないだろうから、実家の空気は相当ピリピリしてると思う。父は東京でなにか問題が起きたってことをすでに察してるだろうし、普段は嶺人にあまり口出しをしないけど、内心かなり苛ついてそう……」

「じゃあ、場合によってはお父さんの来訪も？」

「さすがにそれはないと思う。二人揃って寺を空けたらさすがに回らないし、父は私なんかのために自ら動くような人じゃないから」

「なんかって」

「事実、なんかなのよ」

「そんなに要らないんだったら、いっそ俺が欲しいわ」

「…………」

いつもの軽口だとわかっていながら、欲しいという言葉に不覚にも動揺してしまい、一華は慌てて平静を装う。

「……わ、私を式神たちと一緒にしないで。だいたい、娘にも一応利用価値があるんだから、父だって簡単には手放さないわよ」

「利用価値ねぇ。気分の悪い言い方だけど、実際そういう世界だからなぁ。……ま、一華ちゃんは心配いらないよ。前にも言ったけど、君は絶対に蓮月寺の道具になんてならないから」

「……どうだか」

ぶっきらぼうな返事をしつつも、心のどこかでその言葉に縋《すが》ってしまっている自分を、もはや否定することができなかった。

翠は普段から適当で、どこまでが本気なのかわかり辛い男だが、嶺人との遭遇で絶望する一華にはっきりと言い放った、蓮月寺の道具にはさせないという強い言葉が、悔しくも今の一華を支えている。

あの瞬間だけは本気が垣間見えたような気がして、信用してもいいのかもしれないと思えた。

もちろん、具体的にどうする気なのかはわからず、一寸先の見通しすらきかない状況ではあるものの、少なくとも自分には味方が一人いると実感できたことは、孤独を背負って生きてきた一華にとってとても大きなことだった。

もっとも、本人に言う気はないけれど。——と、そんなことをぼんやりと考えながら、一華はすっかり緑色の配分が増えた景色を眺める。

窓の外には壮大な南アルプスの山々が広がっており、ふと、ごちゃごちゃした悩みが浄化されていくような感覚を覚えた。

しかし、間もなく別荘地に差し掛かり、翠の「この辺りは政治家の別荘だらけなんだって」という言葉を聞くやいなや、一気に現実に引き戻される。

「私、政治家って苦手だわ」

思い浮かんだままを呟くと、翠が可笑《おか》しそうに笑った。

「政治家全員をひとまとめにしたね」

「……偏見だってわかってるけど、小さい頃から、黒塗りの車で山門の正面まで乗り付ける偉そうな人たちばかり見てきたから、つい」

「政治家がよくやる、吉凶占いのことでしょ？　あれ、いかにも物々しいもんね。大概、黒スーツ集団をぞろぞろ引き連れて来るし」

「なんだか、急に空気が澱《よど》む感じがするのよ。……もちろん政治家全員を悪く言うつもりはないけど、ウチではずいぶん大きなお金が動いてるみたいだし、どうやって稼いでるんだろうなんて考えると……」

「確かに。密室でいったいどんな会話がされてるのやら、ってね」

「……翠はちょっとくらい知ってるでしょ。後継ぎだったんだから」

「俺は政治家の指南なんてやんないよ。本当のこと伝えたら怒る人もいるし、だからって嘘ついて後で責任取りたくないし」

「……賢明だわ」

ちなみに、霊能師による吉凶占いの多くは、依頼者本人の守護霊を霊視し、そこからさまざまな情報を読み取るという方法で行われる。

守護霊から知れることは実はかなり多いらしく、もっとも顕著《けんちょ》なのは本人が患っている病気のことだが、その他、現時点での気力やオーラの強弱を知ることができ、霊能師はそれらの情報をもとに本人が現在持つ運の強さを判断する。

要するに、霊能師が指南する上での主たる材料は、今現在、本人の持つ運が上がっているかどうかだ。

ごく単純なことだが、結局のところ人の一生は運に左右される部分が多く、しかし運の流れは自身で判断できないからこそ、一部の政治家は信頼できる霊能者を自らの専属の助言者として頼り、大金を積む。

父や嶺人が実際に誰かを指南する様子を目にしたことはないけれど、いかにも大金が動く空気だけは肌で感じ取っており、だからこそ一華は、寺を訪ねて来る政治家に対していい印象を持てなかった。

立派な屋敷が立ち並ぶ別荘地は、一華の脳裏にあるそんなモヤッとした記憶を次々と呼び覚ましていく。

しかしそれもそう長くは続かず、しばらく走っているうちに、周囲の建物は徐々に減っていった。

そろそろ別荘地を抜けるようだと、一華は密かに胸を撫で下ろす。――のも束の間、翠は別荘地の端に佇むひときわ大きな屋敷の駐車スペースに車を突っ込み、エンジンを止めた。

「え、ちょっと、なにしてんの……？」

「なにって、着いたから」

「いや、人の家に勝手に……」

「人の家じゃないよ、俺の家」

「……は？」

わけがわからずポカンとする一華に、翠はもう一度、「俺の家」と繰り返す。

そして車を降りると、助手席の方に回ってドアを開け、一華にうやうやしく手を差し出した。

「お手を」

「……なんの真似？」

「セレブごっこ」

「くだらないことしてないで、説明して」

「やっぱり?……ってか、そんなに驚く程のことじゃないよ。悪い政治家が失脚して手放したやつを、俺が安く買ったってだけ。投資目的でね」

「安くって言うけど、この家……」

改めて見上げた屋敷は、総煉瓦《れんが》造りのずいぶん大きな二階建てで、プールやガゼボのある広い庭に加え、翠の四駆《よんく》が楽に数台停められるくらいの異様に広い駐車スペースまである。

翠は安く買ったと言っているが、政治家が好む別荘地の中でも群を抜いた存在感を放つこの屋敷の価値が、低いはずがなかった。

一華は戸惑いつつも、ひとまず差し出された手を無視して車を降りる。そして。

「あんたって、なんでそんなにお金持ってるの?」

かねてから抱いていた疑問を、ストレートにぶつけた。

そもそも、実家を追い出され、細々と探偵業を営んでいるような人間が、四ツ谷のビルを自宅や事務所として贅沢に使っている時点で十分に違和感を覚えていたからだ。

おまけにこんな別荘を見せられては、スルーするにも限界があった。

しかし、翠はとくに誤魔化すことなく、小さく首をかしげる。

「なんでって……、単純に、投資やら資産運用やらで増やしたんだよ。これでも子供の頃から働いてるし、それで得た報酬を元手にして、ちょっとずつ、地道に」

「地道に、ねぇ……」

「そんな、疑うような目で見ないでよ。言っておくけど、悪いことに手を染めたりしてないからね」

「………」

一華としても、別にそこを疑っているわけではなかった。

そのとき引っかかっていたのは、地道に資産を増やしたという表現。

投資や資産運用とは、そもそも短期で爆発的にお金が増えるようなものではないため、おそらく、地道という言葉自体に嘘はないのだろう。

しかし、翠は本来ならいずれ二条院《にじょういん》の当主になるはずだった人物であり、つまり、つい数年前までは、個人資産を心配し、地道に増やすことを考えねばならないような立場になかったはずだ。

それこそ、いずれ後継ぎの座を失う未来を予感していたならば話は別だが——と。

つい立ち入り過ぎた妄想をしてしまい、一華は慌てて首を横に振った。

「一華ちゃん？　どした？」

「な、なんでもない」

「そう？　まぁそういうわけで、ここは今まさに活用方法を思案してた空き家だから、車を停めてもなんら問題はないわけ。納得した？」

「……一応」

「スッキリしない返事……」

「いや……、意外と投資の才能があるんだなって、驚いてるだけ」

「俺がっていうより、ファイナンシャルプランナーが優秀なんだよ。ともかく、珠姫が封印されてる岩はこの裏の山の中だから、早く行こう！」

そう言われ、一華は途端に本来の目的を思い出す。

すっかり忘れかけていたけれど、これから珠姫が封印された岩へ向かわねばならないのだと。

ただ、そんな物騒なものが優雅な別荘地の近くにあると思うと、なんとも言えない複雑な気持ちになった。

「近くに怨霊が封印されてるなんて知ったら、別荘の持ち主はたまったもんじゃないわね……」

呟くと、翠は可笑しそうに笑う。

「心霊マニアじゃなきゃ知りようがないよ。そもそもこの辺りって、珠姫の言い伝えが残ってた村が廃村になった後にできた別荘地だし。もっとも、俺はなにも知らずに買ったから、驚いたんだけどね」

「へぇ。……にしても、いわく付きの村の後に別荘地ってどうなのよ」

「もともと村があったからこそインフラが整っていて、別荘地にしやすかったんじゃないかな。ってか、ほとんどの人にとっては古いオカルト伝説なんかどうでもいいんだよ。なにせ、この辺りはロケーションが最高だし」

「珠姫の封印が解けたら、そうも言ってられないでしょ」

「だったらなおさら、俺と珠姫との契約は、みんなにとっていいことばっかりだね。俄然、やる気が出てきた！」

どこまでもポジティブな翠にうんざりし、一華は頭を抱える。

一方、翠は車のラゲッジを開け、やたらと大きな荷物を次々と出し、背中に担いだ。

「なんか、荷物多くない？」

「まあ、いろいろとね」

「いろいろって？」

「そりゃ……、装備とか？　いくら近いっていっても険しい山の中を通るわけだし、必要なものが多いんだよ。……ささ、早く行こう！」

誤魔化されたような気がしなくもないが、翠はもはや待ちきれないとばかりに自分の別荘の裏側へ向かい、躊躇いもなく鬱蒼《うっそう》とした獣道を登りはじめる。

マニアに有名な心霊スポットというだけあって、稀《まれ》にゴミが落ちていたりと人が通った痕跡が目に付くものの、先に進むごとに辺りはしんと静まり返り、一華の不安は徐々に膨らんでいった。

「ね、ねえ、ここって熊とか出ないの……？」

気を紛らわそうと問いかけたものの、翠はあっさりと首を横に振る。

「平気平気。なにせ、こっちにはタマの気配があるし」

「……そっか」

名前に反応してか、一華の胸元からタマがひょっこりと顔を出す。

大きな目を潤ませて見上げる表情はとても可愛らしいが、その正体はヒョウであり、警戒心の強い野生動物ならばまず近寄ってこないだろう。

一華はその額をそっと撫でながら、会話が一瞬で終わってしまったことに、こっそり肩を落とした。

辺りはふたたび静けさに包まれるが、ちょうどいい会話のネタなどなにも浮かばず、一華は黙って歩く。

そんなとき、翠がふと立ち止まり、辺りをぐるりと見回した。

「なに、どうしたの」

「……気配、感じない？」

「気配？……まさか、珠姫の？」

「いや、もっとずっと小さい浮遊霊のようなのが、いくつか。強い霊ってそういうのが集まりやすいから、気配の濃い方を目指せば辿り着けそうだなって」

「着けそうって……、もしかして岩の場所が曖昧なの？」

「なにせ、山の地図は難しいから。目印とかもないし」

平然とそう言う翠に愕然としながら、もし気配がなければ遭難していたのではないだろうかと、一華の中に別の恐怖が生まれる。

一方で、一華にはまだこれといった気配が感じ取れておらず、翠の鋭さに改めて驚いていた。

やがて、翠がようやく足を止めたのは、谷状に開けた地形に細い沢が流れる、ひときわ静かな場所。

「一華ちゃん、あれ見て！」

翠がハイテンションで指差す方向になにがあるかなんて考えるまでもないのに、視線を向けた一華は思わず息を呑んだ。

そこには想定通り岩が鎮座していたのだが、その直径は二メートルをゆうに超えており、画像で見た印象よりもずっと大きかったからだ。

ただし、あくまで現時点では、怨霊と思しき特殊な気配は感じ取れなかった。

「存在感は確かにすごいんだけど、あの中に珠姫がいるの……？」

やや疑わしい気持ちで尋ねると、翠は目をキラキラと輝かせながら、はっきりと頷く。

「もちろん！　今のところ気配は目立ってないけど、霊も長く彷徨えば賢くなるし、無駄に気配をばら撒《ま》いたりしないんだよ。とくに、俺らの気配は一般人とは少し違うだろうから、警戒してる可能性もあるしね」

「……そう、なんだ」

「なにせ、五百年モノだから！」

「ずいぶん嬉しそうだけど、だとしたら、そう簡単には出てきてくれないんじゃないの？」

「それに関しては大丈夫。想定内だし、待機する準備なら十分にしてるからね」

翠はそう言いながら荷物を下ろし、慣れた手つきで広げる。

筒状のバッグからいきなりテントが出てきた瞬間、一華はたちまち嫌な予感を覚えた。

「……ねえ、まさかと思うけど、ここにテント張って夜を明かす気じゃないでしょうね……？」

「当然、そのつもりだけど」

「は？……霊が集まってくる山の、しかも怨霊の目の前で？」

「うん。……あ、大丈夫だよ、待機のための道具を揃えたのは例の協力者だから、抜かりはないはず」

「知りたいのは、そんなことじゃなくて！……夜まで待機するとは聞いてたけど、キャンプするなんて言ってた？」

「山で待機イコール、キャンプじゃん」

「馬鹿言わないで。だいたい、さも当たり前のように言ってるけど、あんた山に入る前に荷物の多さを誤魔化してたよね？　あれって、私が反対するってわかってたからじゃないの？」

「そんな会話したっけ？」

「した！　絶対に誤魔化してた！」

「まぁまぁ、とにかく俺が滞《とどこお》りなく契約するから、そんなに怖がらなくてもだいじょ……」

「怖がってない！　私はその無謀《むぼう》さに腹が立っ……」

一気に頭に血が昇ったせいか、息が切れて語尾が途切れた。

ふらふらとしゃがみ込むと、翠が慌てて駆け寄り、荷物から引っ張り出したマウンテンパーカーを一華の肩に掛ける。

「大丈夫……？」

「……なに、これ」

「一華ちゃん用の防寒着。夏とはいえ、山の夜は冷えるから」

「……マジで、準備万端じゃないのよ」

「マジで、準備万端なんだよ」

「…………」

もちろん納得できたわけではなかったけれど、ふらつく頭と間の抜けた会話のせいか、一華は徐々に冷静さを取り戻しはじめていた。

それにつれ、山に入ってからここまで三十分近く険しい道を歩いているのだから、山の外に拠点を設けるのは確かに合理的ではないという考えが、一華の中で優勢になっていく。

結果、この常軌《じょうき》を逸《いっ》した計画のすべてを翠に委ねてしまった自分にも責任はあると、一華は自らを戒めることでなんとか怒りを収めた。

「……とりあえず、一旦は、わかった」

「一旦で十分だよ」

「とにかく、私はなにも考えずに待てばいいのね。珠姫が現れるのを」

「そういうこと。ちなみに、俺っていう餌《えさ》があるから、さほど時間はかからないと思うよ」

「……餌だなんて言ってるけど、あんたがまったく珠姫のタイプじゃなかったらどうするのよ」

「どう見ても上等な餌かと」

「……見向きもされなかったら死ぬほど笑ってやるから」

「厳しいなぁ。……ま、実際、珠姫の当時の想い人はかなりの美青年だったみたいだし、俺なんかよりもっと上品なタイプが好みだと思うけどね。……でも、そこはしばらくの間我慢してもらって」

「しばらくの間……？」

「いや、こっちの話」

妙に含みのある言い方が気になるが、半分投げやりになっていたそのときの一華には、いちいち掘り下げる程の気力がなかった。

一華はひとまず、翠が一瞬で組み立てたワンタッチテントの中に入り、険しい道中で疲れた体をぐったりと投げ出す。

時計を見れば、時刻はすでに二十一時過ぎ。森の中が暗いせいで気付かなかったけれど、空にはすでに月が上っていた。

依然として、珠姫と思しき気配はない。

かたや、辺りに漂う地縛霊や浮遊霊の気配は、時間が経つにつれ明らかに数を増やしていた。

「一華ちゃん、浮遊霊の中にやばい奴が混じってるかもしれないから、手、繋いでてい い？」

「……翠なら気配でわかるでしょうよ」

「目視できてた方が、危険なときにすぐ反応できるし」

「そのときは、私が捕まえるから気にしないで。その為に私を付き合わせたんだろうし」

「素っ気な……」

翠は残念そうに呟きながらも、勝手に一華の手を取りぎゅっと握る。

即座に振り払ってやろうかとも考えたけれど、翠の手から伝わる少し高い体温が思いの外心地よく、一華は大袈裟《おおげさ》に溜め息をつきながら、さも渋々であるという体を演出した。

翠は満足げに笑い、テントの簡易窓から外の様子を眺める。

「うわ……、結構集まってきてる。……一華ちゃんと手を繋いでたら、ほんとよく視えるわ」

「いちいち面倒だから、早く視力を取り戻して」

「本当、切実な問題だよ。それさえ叶えば、一華ちゃんも晴れて面倒なことから解放されるしね。実家とか、俺とか」

「……そうね」

わずかに反応が遅れたのは、ほんの一瞬、胸が小さく疼いたからだ。

けれど、その理由に関しては、あまり深く考えたくなかった。

翠が視力を取り戻しさえすれば、一華はその対価として霊能力を封印する方法を知ることができ、翠が言った通り、実家に〝やばい霊〟探しにと、すべての面倒から解放される。

なにひとつ、困ることなどない。――のに。

「……なんで、こんな……」

不本意な感情を持て余し、なかば無意識に苦悩の声が出てしまった一華を、翠がふいに笑った。

「……なに笑ってるの」

「なんか、可愛いなと思って」

「は？」

「いやいや、こっちの話」

「…………」

なんだか心を見透かされているような気がして、一華は慌てて平静を繕う。

翠と話していると、たまに手のひらで転がされているような気になる瞬間があり、落ち着かない。

しかし文句でも言おうものなら余計に墓穴を掘りそうで、一華は黙って翠に背を向けた。

突如、テントの上部からボスンと鈍い音が響き、天井が大きく陥没した。

伸縮性がある支柱のお陰ですぐに元に戻ったけれど、急に起きた異変に一華は硬直する。

かたや、翠は冷静に一華を壁際へと引き寄せ、ふたたび窓の外を確認した。

「余所者《よそもの》だから仕方がないんだけど、やっぱり、かなり注目浴びてるみたい」

「つまり、さっきのはこっちの反応を見るために……？」

「今のところは、そんな感じ。でも、そのうち本気で追い出そうとする輩が出てくるかも」

「……でも、危険な気配はないんでしょ？」

「あくまで、現時点では。ただ、時間が経つごとに数がどんどん増えてるから、ちょっと不安だね」

翠が不安という言葉を口にすることは、あまりない。

普段飄々《ひょうひょう》としているだけに、それはより不穏に響いた。

「じゃあ、一旦タマに追い払ってもらうのは……？」

「最悪の場合はそうせざるを得ないけど、あまり派手な動きをしたら、肝心の珠姫が警戒して出てこなくなるかもしれないからね。それだけは、できる限り避けたいっていうか」

「……あ、そう」

本来の目的がまったくブレていない翠の余裕な様子から、思ったよりも大丈夫そうだと一華は思う。――しかし。

多少の落ち着きを取り戻し、ふと窓の外に視線を向けた瞬間、心臓がドクンと大きく鼓動を鳴らした。

一華の視界に映ったのは、夥《おびただ》しい数の霊たちがひしめき合いながらテントの中を覗き込む様子。

その光景に硬直していると、突如、間近から青黒く血走った目に射貫かれ、全身からサッと血の気が引いた。

「っ……」

声にならない悲鳴が漏れ、一華は弾かれるように窓から飛び退く。

翠は一華をふたたび自分の方へ引き寄せながら、小さく肩をすくめた。

「ね、数が多いでしょ」

「多いなんてレベルじゃ……、もう完全に囲まれてるじゃない！」

「そうなんだよ。どうしよう」

「どうしよう、じゃないのよ。こんな状況でも追い払わない気……？」

「だって、まだ珠姫が」

「…………」

この男は余裕なのではなく、ただの命知らずなのだと、一華は今になって翠がいかに常識はずれな男であるかを思い出していた。

現に、翠はどう見ても、珠姫のこと以外まったく頭にない。

しかし、このままでは、そのうちテントごと押しつぶされてしまいそうで、焦りがみるみる膨らんでいく。

「いくらなんでも危険でしょ……。今日は追い払って、また後日出直せばいいんじゃないの……？」

「それは無理だよ、もう珠姫は俺らを怪しい気配として認識してるだろうから、今日引いたら最後、もうチャンスなんてないし」

切実な提案はあっさり却下され、依然としてのん気な翠に一華は眩暈を覚えた。

同時に、心の中にじりじりと苛立ちが広がりはじめる。

「そんなこと言ってる場合じゃ……！　なら、せめて私が何体か捕まえて、少しでも数を減らすっていうのは……？」

「この状況じゃ、二、三体捕まえたところでなにも変わんないって。大丈夫だから、一緒に待ってようよ」

「大丈夫じゃないから言ってるんだけど……！　ってか、さっきからくっつきすぎなのよ！　動き辛いからちょっと離れて！」

話にならず、一華は怒りが込み上げるままに翠の体を押し返す。

しかし、翠の力はいつになく強く、腕を体に回したまま一向に離してくれなかった。

「ちょっ……、変態！」

「いや、誤解だって。……ってか、お願いだからもうちょっとだけこのまま我慢してほしいんだ」

「なんでよ！　そもそも、珠姫なんて一向に出てこないじゃない！」

「大丈夫、絶対出てくる。だから、とりあえず俺から離れないで」

「なんなのよ、鬱陶《うっとう》しい……！　だいたい、その自信はどこから湧いて出るの？　まさか、まだ自分が上等な餌だなんて言う気じゃないでしょうね……」

「それが、正真正銘《しょうしんしょうめい》上等な餌なんだよ。ただ、――俺っていうより、この状況が」

「は？　この状況……？」

〝上等な餌〟のニュアンスがさっきと変わり、それがやけに意味ありげで、一華はふと眉を顰《ひそ》める。

しかし、深く考える隙などないまま、――突如、外からのひときわ禍々《まがまが》しい気配を覚えた。

「ね、ねえ、……なんか、今……」

それは、一華がこれまでの人生で一度も体感したことがないくらい強烈で、圧倒的な存在感を放つ気配だった。

途端に頭の中が真っ白になり、呼吸もみるみる浅くなっていく。

ただ、そんな混乱の最中、──これが怨霊というものの気配なのかと、霊能一家に生まれた血のせいか、変に感心している自分がいた。

一方、翠は依然として一華に密着したまま、満足そうな笑みを浮かべる。

「ほら、来たじゃん」

「これが、怨霊の気配……」

「そう。明らかに重さが違うよね」

翠の言葉に納得しつつも、そのとき一華が引っかかっていたのは、さっき覚えたばかりの疑問。

「それはそうと……、あんたがさっき言ってた、この状況が餌になるっていうのは、まさか……」

尋ねておきながら、一華の心の中には、あまり答えを聞きたくないという思いがあった。

なぜなら、薄々察している答えがあまりにも不本意だったからだ。

かたや、翠はいたって楽しげに口を開いた。

「珠姫って、失恋を拗《こじ》らせた結果、すべての男に大名を重ねて逆恨みしてるんだけどさ、……でも実は、珠姫にとって、男が現れるよりずっと腹立たしいことが別にあるんだよ」

「腹立たしい、こと……」

「そう。一華ちゃんはうっすら勘付いてるみたいだけど、まぁわかりやすく言うなら、目の前でイチャつかれるのが死ぬ程嫌みたいで。なにせ、カップルが珠姫に遭遇したときの被害内容の方が、何倍もえげつないからさ」

「…………」

「とはいえ、カップルっぽく振る舞って誘い出したいなんて言い辛くて、黙っててごめんね。でも、一華ちゃんは絶対嫌がると思ったし……」

口では謝りながらも、珠姫が現れてくれてよほど嬉しいのか、翠の声は微妙に弾んでいるように聞こえた。

一華は翠の説明を頭の中で繰り返しながら、そういえば、今日の翠はずいぶん早い段階から手を繋ぎたがったり、その後もやたらと一華との距離が近かったことを改めて思い返す。

同時に、それらが珠姫に対する挑発だなどとは考えもせず、恐怖に負けてすっかり甘んじていた自分に対し、なんともいえない憤りと情けなさが込み上げてきた。

「なんか、めちゃくちゃ、むかついてきた」

「いや、今は抑えて。なんならあとで殴ってもいいから。なにせ今、ようやく珠姫が
――」

「……よくもまあ、いいように利用してくれたわね」

「え、そっち……？　黙ってたことじゃなくて？　っていうか、そっちに関しては別に嘘は……」

「女を、舐めすぎなのよ……！」

心の奥の方で、別に騙《だま》されたわけでもないのにと冷静に考えている自分がいながら、なぜだか異様に腹が立ち、気持ちが収まらなかった。

勢い余って翠を突き飛ばすと、その拍子にテントの支柱が外れ、天幕が一華たちに覆い被さる。

翠もさすがに慌てたのか、即座に手探りで出入口のファスナーを探して開き、一華を連れてテントから抜け出した――ものの。

外の状況を目にした瞬間、一華は愕然とした。

周囲には、さっき見たときとは比較にならない数の霊たちが集まっており、禍々しい視線が一華たちに集中していたからだ。

当然ながら、集まる霊たちのさらに奥にはひときわ禍々しい珠姫の気配があり、それもまた、ゆっくりと一華たちに迫っていた。

早くこの場を離れなければと思うものの、なおも増え続ける霊たちはもはや壁のように連なり、逃げられそうな隙はどこにも見当たらない。

おまけに、辺りの気温は体の動きが鈍る程に冷えきっていた。

そんなとき、一華の胸元からスルリと飛び出したのは、タマ。

タマは背中の毛を逆立て、霊たちを威嚇《いかく》する。

窮地に追い込まれてすっかり混乱していた一華は、必死に守ってくれようとするその姿を見て、わずかに落ち着きを取り戻した。――しかし。

「タマ、ちょっと待って」

タマが今にもヒョウに姿を変えようとしていた、そのとき。翠がその体をひょいと抱え上げ、一華と一緒に腕の中に収めた。

「ちょっ……、なにしてるの……？」

慌てて抗議したものの、翠は小さく肩をすくめる。

「さっきから何度も待ってって言ってるじゃん……。少しは人の話聞いてよ」

「待つってなにを……」

「多分、もう少しですごいものが見れるから」

「この大変な状況で、すごいもの……？　珠姫の気配がもうすぐそこまで迫ってるのに……？」

「だからこそだよ。滅多に拝めないから、見といたほうがいいって。田中さんも、隠れてないで出てきなよ」

「田中もいるの？」

翠が名を呼ぶと、一華の髪の中でなにかがガサッと動く。

怖がりな田中が怨霊を前にして姿を現すはずがないと思っていたけれど、どうやら、すでに一華の髪の中に隠れていたらしい。

田中は、以前老婆《ろうば》の精神世界に入った際、自ら見つけたこの隠れ場所をずいぶん気に入っているらしく、かなり渋々髪から抜け出ると、肩の上にちょこんと座った。

「で？　全員集めて心中でもする気？」

「いいから、見物しよう」

「……走馬灯《そうまとう》だったら笑えないんだけど」

「意外と余裕じゃん」

その言葉の通り、翠があまりに場違いな余裕を見せるせいか、もしくは半ばヤケになっていたせいか、不思議と恐怖は少し落ち着いていた。

翠は可笑しそうに笑いながら、一華の体に回す腕に力を込める。

すると、霊たちの背後に立つ珠姫の気配が突如爆発的に膨らみ、周囲の木々が大きく枝を揺らした。

「ねえ、めちゃくちゃ怒ってるように見えるんだけど……。これ以上怒りを煽《あお》らないように、せめて、私たちがカップルなんかじゃないって訂正しておいた方がいいんじゃ……！」

「簡単に話が通じる相手なら、そもそも怨霊になんてならないよ。むしろ、ああやって周囲が見えなくなるくらい感情を爆発させるところが、ほんと最高」

「……あんた、面倒な女が好きなの？」

「面倒な女の人も、まぁ嫌いじゃないかな」

「……皮肉すら通じないなんて」

「あ！……一華ちゃん、見て！」

奇妙なくらいに普段通りの応酬の最中、一華は、ふいに声を上げた翠の視線の先を追う。

とにかくなにやら大きなことが起こるのだろうという半分投げやりな気持ちで、一華はその瞬間を待つ。——すると。

ふいに珠姫の濃密な気配が空気を大きく揺らしたかと思うと、景色がピタリと動きを止め、それと同時に、目に映るものすべてが薄いグレーに色を変えた。

奇妙な現象に呆然としつつも、静まり返ったグレーの世界はどこか幻想的でもあり、まるでモノクロの映画に入り込んでしまったようだと考えながら、一華は辺りを眺める。

しかし。

これは、どういうこと——と。

出したはずの声が出ず、途端に不安になった。

気付けば体も動かず、かたや思考だけは妙にはっきりしていて、一華は恐怖に呑まれそうになりながら、グレーの世界に視線を彷徨わせる。——瞬間、視線の先で、なにかがかすかにゆらりと動いた。

目を凝らすと、完全に動きを止めた霊たちの隙間から見えたのは、かすかに動く赤い着物。

この色のない風景の中での赤い着物はあまりに主張が強く、そして、その正体が何者であるかは、深く考えるまでもなかった。

怨霊の力を目の当たりにしたことなど過去に一度もないが、目の前の現象は過去のどれと比べても群を抜いて異常であり、むしろ、珠姫の仕業である以外に考えようがなかった。

やがて、小さく見えていたはずの赤い着物は、霊たちの間を縫《ぬ》いながら徐々に迫り、間もなく一華の前に全貌《ぜんぼう》を現す。

真っ先に目に入ったのは、赤地に大輪の牡丹《ぼたん》があしらわれた、目を見張る程に艶《あで》やかな打掛《うちかけ》。

内側からは薄桃色の上品な小袖がチラリと覗き、肩にゆったりと垂れる長い垂髪《すいはつ》もまた、気高さを物語っていた。

時代劇でしか見たことがないような豪華な佇まいに圧倒されながら、一華はおそるおそる視線を上げる。——瞬間、たちまち能面のような切れ長の目に捉えられた。

途端に全身に悪寒が走るが、その表情にはどこか幼さもあり、一華はふと、幼くして側室になったという珠姫の報われなかった過去を思い返す。——そのとき。

『——お主は』

幼くも重みのある声が、辺りに響き渡った。

自分に向けられたものだとわかっていながら、依然として声は出せず、一華はただ珠姫を見つめ返す。

翠が言っていた通りなら、カップルに扮した一華に対して怒りを膨らませているはずだが、その表情は最初の印象通り能面のようで、わずかな感情すら感じ取れなかった。

そして、そのまままずいぶん長い沈黙が流れる。

珠姫は一向に続きを口にすることなく、少し離れた場所に立ったまま、ただ一華を見下ろしていた。

それは、珠姫もこの景色と一緒に止まってしまったのではないかと思ってしまう程、なにひとつ動きのない奇妙な時間だった。

しかし、そのとき。

突如、バリンとガラスが割れるような甲高い音が響き渡ったかと思うと、グレーの景色全体にびっしりと細かいヒビが走った。

それらは次第にバラバラと崩れ、一華の上に降り注ぐ。

同時に、風や音や空気の冷たさなど、すべての感覚がじわじわと戻ってきた。——そして。

「一華ちゃん、見て！」

耳元で翠の高揚《こうよう》した声が響き、一華はたちまち我に返る。

咄嗟に正面に視線を向けながら、なんら変わりない翠の様子に強い違和感を覚えた。

まるで、自分だけが奇妙な夢を見ていたようだと。

真相をゆっくり考えている暇などなく、目の前の珠姫は帯の隙間に差し込まれた扇子を突如スルリと引き抜き、慣れた所作でそれを開いた。

金地に松が描かれた扇子は着物と同様にとても豪華で、珠姫はその柄の美しさを堪能するかのように、左右に一度眼球を動かす。

まるで時代劇の一幕のような光景に、一華は思わず見惚れた。

しかし、珠姫は突如扇子を高く掲げたかと思うと、周囲を囲う霊たちに向けて大きく振り下ろす。

途端に、小さな扇子からは考えられない程の激しい風が吹き荒れ、一華は慌てて両腕で顔を覆った。

しかし、目を閉じた瞬間、即座に違和感を覚える。

さっきまで数えきれない程に集まっていた霊たちの気配が、次々と消えていくような感覚があったからだ。

あり得ないと思いながら、一華は風が弱まるやいなや、こわごわ目を開け周囲を確認する。——瞬間、思わず息を呑んだ。

「……嘘、でしょ……」

一華の視界にあったのは、森の風景と、珠姫の姿のみ。

霊たちの姿は一体たりとも残っていなかった。

理由として思い当たるとすれば、珠姫による扇子のひと振り以外にない。

しかし、あれだけの数をこうも簡単に一掃するなんて霊は一度も見たことがなく、一華はとても信じ難《がた》い気持ちで、静まり返った森を呆然と眺めた。

そんな中、翠はさも嬉しそうに笑う。

「これなんだよ、俺が欲しかったのは！　大勢いた霊が一瞬で飛んでいっちゃうなんて、便利すぎ……！」

「便利……って」

「やっぱ、怨霊って桁違いだね！」

「……ねえ」

「うん？」

「あれを、捕まえる気？」

「うん！」

「…………」

無邪気な返事を聞きながら、やはりこの男はどこか壊れていると、一華は心の底から呆れていた。

圧倒的な力を見せつけられたからこそなおのこと、珠姫が人間との契約に応じるなんて、とても思えなかった。

下手すれば、自分たちもあっさりと消されかねない。

しかし、そうこうしている間にも、珠姫は一華たちに向かってゆっくりと足を進めた。

近寄るごとに空気が重みを増し、一華の呼吸が辺りに白く広がる。

「……やっぱり、逃げた方が」

一応提案してはみたが、翠は頑として首を横に振った。

「やだよ。二度とこんなチャンスないし」

「あんたが死んだら、意味ないのよ……？」

「大丈夫。絶対に上手くやる！」

「さっきのを見て、まだそんなこと言――」

語尾が途切れた理由は、言うまでもない。突如、一華の視界がふたたびグレーに変わったからだ。

ただ、今回はさっきと違ってそう長くは続かず、間もなく景色に細かいヒビが走って崩れ、あっという間に現実に引き戻された。――しかし。

「翠……？」

さっきまで背中越しに伝わってきていたはずの翠の体温は、もうなかった。

慌てて振り返ったもののやはり翠はおらず、さらに、珠姫の姿も見当たらない。

タマが辺りを探し回るが、最終的に、珠姫が封印されている岩の前で動きを止め、振り返って一華と視線を合わせた。

「まさか、連れ込まれたってこと……？　岩の中に……？」

口から零れたのは、考え得る中で最悪な推測。

実体を持つ翠を岩の中へ連れ込むなんて理解不能だが、実際に姿を消してしまった以上、そうとしか考えられなかった。

なにせ珠姫は、まるで時間を止めたかのような不思議な術を使う上、扇子ひと振りで大量の霊たちを一気に消してしまうという、理解を超えた能力を持っている。

常識で測れないようなことが起きようとも、なんら不思議ではなかった。

翠を助け出したくとも手段はまったく浮かばず、一華は途方に暮れ、呆然とその場に立ち尽くす。

ただ、なにもしなければすぐに絶望に呑まれてしまいそうで、一華はひとまず岩の正面まで足を進めた。

間近に立つことではじめて気付いたのは、岩の中央に、細くも深い亀裂《きれつ》が走っていること。

おそらく、封印が解けかけている証なのだろう。

「むしろ、あれでまだ完全には封印が解けてないってこと……？　いくらなんでも、格が違いすぎでしょ……」

誰宛でもない呟きが、静かな森に弱々しく響いた。

「ねえ、翠……、死んでないよね……？」

岩に向かって語りかけてみたものの、やはり反応はない。

そのとき、ふと髪の中でゴソゴソとなにかが動き、手を伸ばすと、田中が現れその上にちょこんと乗った。

『ヌ　シ』

「そうよ。……あんたのヌシが、また危険なのよ」

『　ヌ』

「そんな顔しないで。私だってなんとかしたいけど……」

『　シ　』

「だから、私には、――って、あれ……？」

悲しげな田中を説き伏せながら、一華の脳裏をふと過ったのは、小さな違和感。

それは、翠が珠姫に連れ去られて消えたというのに、田中やタマは何故平然としているのだろうという素朴《そぼく》な疑問だった。

一華は以前、老婆の精神世界に潜入した際に、翠の命が尽きれば翠の式神たちもおのずと消えてしまうという話を聞いている。

しかし、手のひらに乗る田中は、消えるどころかいたって普段通りだった。

「……ねえ田中、今、痛いところとか苦しいところは……？　あと、消えちゃいそうな感覚とか」

霊を相手におかしな質問をしていることは、わかっていた。

ただ、一刻も早く翠が無事であるという確証がほしくて、一華は田中を両手で掴み、切実な思いで返事を待つ。

すると、田中は一華の圧にやや怯《おび》えながらも、こてんと首をかしげた。

こののんき気な反応こそ答えだと察した途端、一華の体からどっと力が抜ける。

翠がどうなってしまったのかはわからないが、少なくとも死んではいないとわかっただけで、今は十分だった。

一華はその場にぺたんと座り込み、ゆっくりと深呼吸をする。

安心するにつれ、今度はふつふつと強い怒りが込み上げてきた。

「思うんだけど、……あの男、ちょっと攫《さら》われすぎじゃない……？　毎回、毎回、性懲《しょうこ》りもなく」

まるで文句に同意するように、周囲の木々がざわざわと枝を揺らす。

「すぐに捕まるわ、連れ去られるわ、……子供じゃないんだから、いい加減にしてほしいんだけど……」

愚痴りながら一華の頭を過っていたのは、はるか昔のおぼろげな記憶。

一華は翠との思い出をほとんど忘れてしまっているが、まだ幼かった翠が口にした「一華。俺を信じて」という言葉だけは、印象的に覚えている。

おそらく、そのときの一華にとってはとても心強く、安心感のある言葉だったのだろう。

少なくとも、大人になった翠がすぐに無茶をし、心配ばかりする羽目になるなんて、当時の一華は夢にも思っていないはずだ。

「……人の初恋を、これ以上汚さないでよね」

苛立ちついでの呟きは、思ったよりも感傷的に響いた。

一華は首を横に振って余計な感情を振り払い、ゆっくりと立ち上がると、ふたたび岩と向き合う。

「それにしても、どうすればいいの……？」

翠が一応無事であるとわかったことは幸いだが、なんの策もないという事実に変わりはなく、重い溜め息が零れた。

せめて、この状況が翠にとって想定内かどうかだけでも知りたいところだが、もちろんそれもできない。

タマも困惑しているのか、足元で一華を見上げ、にゃぁと鳴いた。

首元をそっと撫でると、一華の指先に鼻を擂《す》り寄せ、グルグルと喉を鳴らしはじめる。

慰めたつもりが逆に慰められた気がして、なんだか情けなく、一華は視線を上げて必死に自分を奮い立たせた。

しかし、ようやく落ち着きはじめたのも束の間、突如、全身に嫌な寒気が走る。

一瞬霊障を疑ったけれど、辺りに目立った気配はない。

森の空気はそもそも冷たく、翠が言っていた「夏とはいえ、山の夜は冷える」という言葉はこういうことかと、今になって実感していた。

一華は翠から借りたジャケットのファスナーを一番上まで上げ、それでも凌げない寒さを紛らわそうと、両手を擦《す》り合わせる。

そのとき、目線の先にふと、ぺしゃんと潰れたままのテントと、翠が運んできた大きな荷物が目に留まった。

そういえば、今日はここでキャンプを張るための装備を整えていたはずだと、一華はテントに戻り、防寒できそうなものを求めてバッグを開ける。

ある意味狙い通りというべきか、中からはカイロやブランケットに加え、真冬でも対応できそうな大判のアルミシートなどが次々と出てきた。

準備の良さに感心しながら、一華はひとまずブランケットを借りようと、バッグに手を突っ込む。

すると、バッグの底の方で、指先になにやら固いものが触れた。

荷物をかき分けて確認してみると、一番底から出てきたのは、小型のポータブル電源と電気ケトル。

さらに探ると、アルミのマグカップやインスタントコーヒーに加え、ご丁寧に砂糖までが一式揃っていた。

「結構ガチのキャンプじゃない……」

どれだけ長い待機時間を想定していたのだろうと思いながらも、お湯が沸かせるのはありがたく、一華はそれらを取り出す。

そして、シートの上にずらりと並べ、――ふと、小さな違和感を覚えた。

二人ぶんにしては、ケトルのサイズがあまりに小さ過ぎないだろうかと。

よくよく考えてみれば、マグカップも一つしかなく、防寒グッズもワンセットしかなかった。

準備は協力者に頼んだと聞いているし、一華の同行を伝え忘れている可能性もあるが、最初に貸してくれたジャケットが一華のジャストサイズだったことからも、それは考え辛い。

いったいどういうことだと、一華は首をかしげながら、なにげなしに電気ケトルを手に取る――瞬間、ケトルの側面に貼られた、小さなメモの存在に気付いた。

そのメモに綴《つづ》られていたのは、勤務するクリニックの問診票で見覚えのある美しい文字。

「えっと……、〝万が一交渉が長引いた場合は、コーヒーでも飲みながらのんびり待ってて〟……？」

途中まで読み上げた時点で、一華はすべてを理解していた。

やはり、さっきの出来事は翠にとって想定内であり、これらの大荷物は、自分がなかなか戻って来れなかったときに備え、一華のためだけに揃えたものだったのだと。

「そういうことは、口で言ってよ……」

つい文句が口から零れるが、あらかじめ説明をくれないのは、翠の悪癖とも言える。

やれやれと呆れながらも、一華はひとまずほっと息をついた。――しかし。

「――〝ただ、万が一タマや田中さんが消えたときは、即座に山を離れてほしい。車のキーは、差しっぱなしだから、大丈夫〟……はい？」

メモの続きを目で追うやいなや、やはりその想定もあるのかと、全身からサッと血の気が引いた。

ふいに、交渉が決裂したら秒殺されると言っていた翠の言葉が脳裏に浮かび、心臓が不安な鼓動を鳴らしはじめる。

霊を相手にする以上、百パーセントの安全なんてないとわかってはいるが、あえて文字にされると余計に不安になった。

翠はこういう、待つ側の気持ちを知らなすぎるのだと、一華はメモを握り締めながら天を仰ぐ。

翠の考えを知ることができたのはいいが、結局、苦しい時間を過ごすことに変わりはないと。

とはいえ、今のところ田中やタマになんの異変もないことは、一華にとって大きな救いだった。

一華はしばらく悶々《もんもん》と考えた挙句、やがてキャパオーバーを迎え、なかば開き直りに近い気持ちでケトルの蓋を開ける。

いっそ、言われた通りコーヒーでも淹れて、優雅に待っていてやろうではないかと。

――しかし、そのとき。

森の奥の方から、ただならぬ気配を感じた。

咄嗟に手を止め視線を向けると、タマもすぐに全身の毛を逆立て、森の奥に向かって警戒をはじめる。

肩にいたはずの田中もまた、慌てて一華の髪の中に隠れた。

その顕著な反応から、なにか良くない者が接近していることは、もはや疑いようがなかった。

おおかた、また別の浮遊霊たちが珠姫の気配に吸い寄せられているのだろうと、一華はゆっくり後退《あとずさ》りながらポケットの数珠を手首に通す。

さっきのような数に囲まれてしまえば手の施しようがないが、数体ならば、自分一人でもなんとか対処できるはずだと。

しかし、固唾《かたず》を呑んで待ち構えながら、一華はすぐに、予測が甘かったことを実感する。

「なんか、どんどん増えてる気がするんだけど……」

　まさにその呟きの通り、時間が経つごとに、迫り来る気配は明らかに増え続けていた。

　じわじわと恐怖が込み上げる中、一華はポケットの中の試験管を手探りで確認するが、まったく足りていないことは数えるまでもない。

　だとすれば逃げる他ないが、逃走路を確認するため振り返った途端に珠姫の岩が目に入り、一華は頭を抱えた。

「さすがに、放って逃げるわけにも……」

　この緊迫した局面で、自分でも思っている以上に迷惑そうな声が出たことが、なんだか可笑しかった。

　追い詰められ、感情が麻痺《まひ》してしまったのだろうかとのん気なことを考えていると、髪の中で田中がゴソッと動く。

『ヌ』

「……大丈夫だってば。あんたの主を見捨てたりしないから。いちいち察しよく出てこないでよ」

『カ』

「……カ？　カってなに？　ヌでしょ、あんたの得意な言語は」

『チカ』

「チカ……？」

『いチ　カ』

「……ねえ、まさか私の名前呼んでる……？」

普段、一華に対してほぼ「ヌシ」としか喋らない田中に名を呼ばれたことに、一華は心底驚いていた。

それどころか、少し心を掴まれてしまっている自分がいた。

「……ちょっと、やめてよ。私の名前なんか覚えなくていいから。あんたみたいな不気味な奴に名前呼ばれても怖いだけだし」

『　イち　』

「…………」

『　カ』

「……いや、キュンとしてる場合じゃないんだって」

自分の感情に必死に抗いながらも、田中に対して急に保護欲が生まれたことは、紛れも無い事実だった。

田中にまで転がされてたまるかと思う気持ちとは裏腹に、一華は田中を掴み、髪の中へと雑に突っ込む。

「ちょっと、うるさいから隠れてて」

『カ』

「……わかったってば」

すっかり調子を狂わされながらも、不思議と気持ちが落ち着き、一華はふたたび遠くから迫り来る霊の気配に改めて向き合う。

同時に、守るべき相手がいれば肝が据わるという定説を、まさかこんな形で体感するなんてと、不本意ながらも納得していた。――しかし。

突如、周囲の木々が大きく揺れたかと思うと、気配の先頭あたりに白くぼんやりと動く人型の影が目に入り、たちまち緊張が走る。

「来た……」

震える声で呟くやいなや、その影はさっきまでとは比較にならないくらいに気配を大きく膨張させた。

一華は手首に嵌《は》めていた数珠を手にぎゅっと握り、覚悟を決める。

もちろん、この数に対抗するための策は、依然としてない。

すっかり追い込まれた今の一華には、翠が契約を成功させて戻って来さえすれば状況は一転するはずだと、普段なら考えもしない楽観的な期待をすることしかできなかった。

現れた白い影は、少しずつその姿を明らかにしながら、まっすぐに一華との距離を詰める。

動きは遅くふらふらしているが、霊障は他に類を見ない程強く、一歩進むごとに気温がぐっと下がった。

おそらくこれも、長年彷徨った霊なのだろう。

それだけでも十分脅威だというのに、その霊の背後には、依然として夥しい数の気配が連なっていた。

一華は額に滲んだ汗を拭いながら、少しずつ後退して一定の距離を保つ。

けれど、間もなく背中が岩にぶつかり、早くも逃げ場を失ってしまった。

本来ならすぐにでも捕獲を試みるべき局面だが、後続の霊があまりに多く、それらを下手に煽って怒らせでもすれば、それこそ打つ手はない。

今の一華には、一分一秒でも長い時間稼ぎが必要だった。

タマもそれを理解しているのか、ヒョウへと姿を変えると、忙《せわ》しなく動き回りながら、周囲を激しく威嚇する。

しかし、霊たちにはいっさい怯む様子がなかった。

これは案外限界が近いかもしれないと、一華の心の中を絶望が支配していく。

そして、ついに数メートル先まで迫った影から、青黒く血走った目で捉えられた瞬間、

――一華はふと、妙な既視感を覚えた。

「……あなた、まさか――」

それは忘れもしない、テントの中で珠姫の登場を待っていたときのこと。

窓から外を覗くやいなや、一華を捉えた酷く禍々しい視線は、今も脳裏にはっきりと焼きついている。

「あのときと、同じ霊……？」

弱々しい声とは裏腹に、一華は確信していた。

しかし、この霊はそもそも、珠姫に扇子ひと振りで一掃されたはずだ。

消滅したわけではなく、単純に遠くへ飛ばされてしまっただけだったとも考えられるが、五百年前から誰にも祓えずに封印され、恨みを膨らませ続けた怨霊が、そこらの浮遊霊に対してわざわざ手加減する理由が思いつかなかった。

唯一考えられるとすれば、たとえ怨霊であっても、魂を完全に消滅させるのはそう簡単ではない可能性。

やらなかったわけではなく、できなかったのではないかと。

けれど、もしそう結論付けてしまった場合、まったく別のところでひとつの大きな疑問が生まれてしまう。

それは、――だとすれば翠が契約している黒い影とは、いったい何者なのだ、というもの。

一華は以前、浮かばれる価値もないと怒りを露《あら》わにした翠が、黒い影を使って悪霊をあっさりと消滅させてしまった瞬間を目にしている。

あまりにも一瞬の出来事だったため、ごく簡単にやってのけたような印象を持ったけれど、今回の珠姫の行いを考えるとそうとは言い切れない。

つまり、翠が契約している霊は、怨霊よりもさらに上回る力を持っていることになる。

「あれは、本当に何者なの……」

今はそんなことを考えている場合ではないというのに、一華の心の中は、もはや黒い影のことでいっぱいだった。

しかし、目の前の霊もみるみる迫り、やがて、一華に向かってゆっくりと両腕を伸ばす。

どろりと濁った目が、長年にわたって燻らせ続けた深い悲しみや恨みを表しているようで、胸が重く疼いた。

一華はポケットから試験管を取り出し、数珠を握り直す。

他の霊を煽らないように、ギリギリまで粘るつもりだったが、こうも追い詰められてしまった以上、もう迷ってはいられなかった。

一華は覚悟を決め、数珠を握った手を霊へ向かって突き出す。

途端に霊はピタリと動きを止め、目を大きく見開いたかと思うと、一瞬で霧と散った。

一華はすかさず準備していた試験管を高く掲げる。

すると、霧と化した霊は空中でゆっくりと渦《うず》を巻きながら、やがて試験管へと吸い込まれていった。

一華はそれにしっかりと栓をし、ポケットを漁ってその上に巻きつけるためのお札を探す。

そして、たった一体とはいえ、大きな問題もなく捕獲できたことにひとまずほっと胸を撫で下ろした。——しかし。

突如、周囲の空気が急激に張り詰め、一華の心臓が再び鼓動を鳴らす。

おそるおそる視線を上げると、森の奥から次々と迫り来る霊たちの気配が、一気に殺気を帯びはじめた。

ある意味想定通りではあったものの、そのあまりにも顕著な反応に、恐怖がみるみる膨らんでいく。

これから一華にできることと言えば、試験管の数が許す限り、霊の捕獲を続ける以外になかった。

一華はなかば開き直りに近い気持ちで、ひとまず手元の試験管に手早くお札を巻き付ける。——そのとき。

背後からスルリと伸びてきた黒い手が、一華の手から、封印途中の試験管を勢いよく叩き落とした。

試験管はあっさりと地面に落ち、数メートル先まで転がっていく。

このままでは霊がふたたび出てきてしまうと焦りが込み上げるが、そのときの一華は、自分の背中にべったりと張り付く禍々しい気配のせいで、身動きひとつ取れなかった。

「なん、で……」

震える声で呟きながら、一華の心を支配していたのは、この酷く禍々しい気配の接近に自分がまったく気付かなかったことへの疑問と恐怖。

たとえどんなに気を抜いていたとしても、背中を取られるなんてとても信じられなかった。

しかし、一華は自分の知識がまだまだ浅いことを、翠と協力関係を築いて以来、嫌という程痛感している。

翠とは出会ってまだほんの数ヶ月だが、その間のさまざまな経験から、霊の世界において、あり得ないなんて考えは独りよがりだと、早くも悟りはじめていた。

つまり、一華に気付かれないよう気配を操作できる霊がいる可能性も排除はできない。

ただ、今はゆっくり考察している暇などなく、その間にも地面に転がった試験管の中はみるみる黒く澱み、カタカタと小刻みに震えはじめた。

もし霊がふたたび出てきてしまった場合、警戒されてしまうぶん、もう一度捕獲するとなると格段に難易度が上がってしまう。

であれば、一華が今優先すべきなのは、背後の気配よりも試験管の封印だった。

「タマ……、試験管を……」

一華は無理やり声を絞り出し、威嚇を続けるタマに指示する。しかし。

タマが頷いてみせた、瞬間。背後の霊の気配が大きく膨らみ、——ギャン、と悲鳴のような鳴き声が響き渡ったかと思うと、タマの体は地面に激しく叩きつけられた。

「タマ……！」

慌てて名を呼んだが反応はなく、タマの姿はそのまま猫へと戻っていく。

一華はもはやなにも考えられず、ただただ途方に暮れた。

タマがやられてしまったことへのショックもあるが、背中に張り付いている霊には、どうやら高い知能があるらしいと察したからだ。

一華の手から試験管を払ったのも、タマを止めたのも、その場の思いつきによる行動とは思えなかった。

もっと言えば、一華の考えを見透かしているかのような冷静さすら感じられる。

ただ、人との契約下にある式神ならまだしも、思考能力や判断力まで備えた浮遊霊となると、稀有どころの騒ぎではない。

なにせここは怨霊の気配漂う山の中。

特殊な進化を遂げた霊がいたとしても、納得せざるを得ない環境だった。

――さすがに、もう詰んでいるのではないか、と。

心の中をじわじわと諦めに侵食され、一華はもはやどうしていいかわからずに、やがて肩の力を抜く。

しかし、そのとき。

『　カ』

耳元でふと、とっくにどこかへ逃げてしまったのだろうと思い込んでいた、田中の声が響いた。

一華は途端に顔を上げ、声がした方に視線を向ける。――瞬間、田中の気配が突如大きく膨らみ、たちまち通常の大きさに戻ったかと思うと、一華の背中に張り付いていた霊に摑みかかり、強引に引き剝がして自分もろとも地面に倒れた。

「た、田中……？」

いきなり霊の拘束から解放された一華は、わけがわからないまま、田中の姿を目で追う。

すると、田中は地面に這いつくばりながらも、不気味に蠢《うごめ》く黒い気配の塊に両腕を回し、必死に地面に押さえ付けていた。

「嘘でしょ……」

まさか田中に助けられてしまうなんて、と。

理解してもなお、とても信じられない光景だった。

その上、火事場の馬鹿力なのか捨て身の攻撃なのかはわからないが、幸いにも、田中が力で押し負けそうな雰囲気はない。

そして、ここにきてようやく姿が明らかになった霊の風貌は、一見するとただの黒い澱みの塊だが、よく見ると、かなり曖昧ながらも、着物を纏っているかのような独特のシルエットが確認できた。

着物姿の霊が特段珍しいわけではないが、それを見た一華はふと、予感めいたものを覚える。

もしかすると、この霊は珠姫に近しい存在なのではないだろうかと。

ただ、今は推測している余裕などなく、一華は急いで田中のもとへ駆け寄り、捕獲を試みるためポケットから試験管を取り出した。

しかし、数珠を握り直した、そのとき。ほんの数メートル先から感じたのは、底冷えする程の不気味な視線。

あまりのおぞましさに体が硬直し、おそるおそる視線を向けながら、一華はすでに察していた。

さっき封印し損ねた試験管から、霊が出てきてしまったのだと。

しかも、懸念していた通りその気配は明らかに禍々しさを増しており、辺り一帯の空気がみるみる重く澱んだ。

標的は、言うまでもなく一華。

まっすぐに向かってくるその姿はあまりに怖ろしく、思考が真っ白になる。

『イ』

すぐ傍《そば》では田中が苦しそうに限界を訴えているのに、危険の板挟みになったそのときの一華には、上手い対処がなにも浮かばなかった。

さすがにここまでか、と。

救いのない光景を眺めながら、一華の頭についに諦めが過る。

翠が消えて以来、危険な局面に何度も追い込まれ、諦めかけながらもタマや田中のお陰でなんとか乗り切ってきたけれど、強力な二体の霊の標的になった上、大勢の霊が迫ってきているとなると、もうお手上げとしか言いようがなかった。

間もなく、力負けした田中が弾き飛ばされ、着物姿の霊が一華の腕を摑む。

試験管から脱出した霊もみるみる迫り、一華の首元へ向けて両腕を伸ばした。

その瞬間から、自分を終わりへと導くすべてが、一華の視界の中を、まるでスローモーションのように流れはじめる。

不思議と恐怖はなく、むしろ、霊と関わらずに生きたいと望んでいた自分が、まさかこんな真逆の最期を迎えるなんてと、妙にしみじみと考えていた。

しかし、――そのとき。

突如、地割れのような震動が起きたかと思うと、辺り一帯が大きく縦揺れし、一華の体は宙に投げ出される。

同時にけたたましい破裂音が響き渡り、強い風が巻き上がった。

なにが起きたのかわからないまま、宙を舞う一華の視界に映ったのは、珠姫が封印された岩が亀裂に沿って真っ二つに割れる光景。

それは紙垂を撒き散らしながらそれぞれ左右に倒れたかと思うと、地面を勢いよく転がっていった。

一華には理解が追いつかず、しかし気付けば目の前に地面が迫っていて、叩きつけられる衝撃を覚悟し、固く目を閉じる。――けれど。

間もなく全身に走ったのは想像していた衝撃や痛みではなく、なにかに包まれるかのような、温かい感触だった。

おそるおそる目を開けた途端、正面にあったのは、もはや懐かしさすらある整った顔。

「え……、翠……？」

これは夢だろうかと、一華は衝動的にその顔を両手で包む。

途端に手のひらにじわりと体温が伝わり、思わず目を見開いた。

「本物……」

「……危なかった。超ギリだったね」

「なに、これ……。今、どこから……いや、なんで急に、……じゃなくて……」

「落ち着いて。ちゃんと説明を……」

「——あんたは、大丈夫なの？」

混乱する頭で必死に問うべきことを選んで口にした結果、これが正解だと、妙にしっくりきている自分がいた。

翠は目を大きく見開いた後、すぐに気が抜けたように笑い、一華の頰をそっと撫でる。

「大丈夫。……なんか、今のでさらに大丈夫になった」

「なに言っ……っていうか、それより今悪霊が大量に……！」

「それも大丈夫。見て」

「は……？」

一華はいまだ混乱が覚めやらない中、翠に促《うなが》されるまま辺りを見回す。

試験管を脱出した霊をはじめ、森の奥から続々と迫っていた霊たちは綺麗に姿を消し、もはやどこにも見当たらなかった。

「嘘でしょ……、なにもいない……」

呆然と呟く一華に、翠が頷く。

「見てたでしょ？　岩を転がしながら珠姫が一掃したんだよ」

「一掃……って、また、遠くに飛ばしたってこと？」

「ああ、気付いてた？　珠姫は怒りっぽいから、イライラに乗じて大量の霊を一気に追い払えるんだよ。だいぶ乱暴だけど、すごい便利だよね」

「…………」

便利というよりはただただ怖ろしい説明だったが、ともかく珠姫のお陰で最大の危機を脱したことは確かで、一華はひとまず息をつく。

同時に、もっとも肝心なことを思い出した。

「っていうか……、珠姫と契約できたってこと……？」

この状況を見れば聞くまでもなかったけれど、どうしても確証がほしくて一華は翠を見つめる。

すると、翠はやや目を泳がせながら、結局は頷いてみせた。

「まあ、一応？　仮契約的なところまでは」

「仮……？　なにそれ、不安なんだけど……」

「大丈夫、危なくはないから。なにせこっちは最高の契約条件を出してるし、あとはそれを叶えてあげるだけだよ」

「叶えるって、いつ？　どうやって……？」

「まあ、じきに？」

「………」

どうも釈然としないが、こういうときの翠は、問い詰めたところで素直に白状しないことを一華は嫌と言う程知っている。

一華は渋々納得し、肝心の珠姫の姿を探した。——瞬間、背後から重い気配が漂い、振り返るやいなや目に入ったのは、グレーの世界で視た通りの、豪華な着物を纏った珠姫の姿。

しかし、珠姫は一華には視線を向けず、やたらと足元を気にしていた。

見れば、さっき田中が立ち向かっていた着物の霊がまだかすかに気配を残しており、すっかり薄くなった姿で、珠姫に向かってゆっくりと手を伸ばす。

「ま、まだ追い払えてないみたいだけど……」

一瞬血の気が引いたけれど、一方で翠は警戒することなく、頷いてみせた。

「大丈夫。あの霊は多分、珠姫の侍女《じじょ》だよ。だから、珠姫もあえて追い払わなかったんだと思う」

「侍女って……、大昔に珠姫のお世話をしてたってこと……?」

「だと思う。こうしてこの世に留まってるってことは、当時から彼女は珠姫のことを心から気にかけていて、自害したことを嘆いて自分も命を絶ったのかも。それで、岩の傍でずっと付き添ってたってことなんじゃないかな」

「……ずっと、傍で」

「珠姫の恋は叶わなかったかもしれないけど、こんなに心配してくれる人がいて幸せだよね。なにせ、五百年だよ？　もちろん、当時のまだ心が幼かった珠姫にとっては、死の抑止にはならなかったのかもしれないけど」

「…………」

「今は、わかるんじゃないかな。……ほら」

翠の声と同時に、珠姫は侍女が差し出した手を両手で握った。

すると、侍女の姿は霧のように散り、辺りにキラキラと光を撒き散らす。

それは、捕獲するときとは違い、無念が晴らされたことがはっきりとわかるような、美しい去り際だった。

「封印から解放された珠姫を見て、安心したってこと、かな……」

「だろうね。五百年も抱えていたものがそんなことで……って思うかもしれないけど、当時の侍女にとっては、珠姫のことがすべてだったんだろうし。そういう忠誠心のようなものが重要な時代だしね」

「……〝そんなことで〟なんて、思わないわよ」

呟くと、翠が小さく笑う。

それと同時に、一華の足元にはタマが寄り添い、肩にはふたたび小さくなった田中がよじ登ってきた。

一華はタマを抱え上げながら、二体ともが無事だったことにほっと息をつく。

ついさっきまで命の危機に晒されていたことを考えると、いきなり訪れた平穏な空気が、なんだか奇跡のように思えた。

しかし、そんな一華を見ながらやたらと満足そうな表情を浮かべる翠を見ていると、心の中にじわじわと怒りが広がりはじめる。

「……あのさ、ちょっと言わせてもらっていい？」

不穏な気配を読み取ったのか、翠の眉がピクッと動いた。

「怖。……なに？」

「あんたが途中で消えるなんて、聞いてないんだけど」

恨みがましい目で睨《にら》みつけると、翠は大きく目を泳がせる。

「あ……、あれは、……ごめん。でも、俺もどういう展開になるかわかってなかったし……。まさか、珠姫の精神世界に連れ込まれるなんて思いもせず……」

「精神世界？」

「そう。楠刃《くすば》村の調査のときに、老婆の精神世界に潜入したじゃん。あれと似たようなやつ」

翠いわく、精神世界とは、生前に強い世界観を持っていた霊が記憶やイメージで創造した、特殊な世界のこと。

　現実と見分けがつかないくらいにリアルだが、あくまでも霊の意識内で展開されるものであり、昔から「神隠し」と呼ばれるような急な失踪の原因の多くは、そこに迷い込んだことである可能性が高いという話だ。

「なるほど。だから、翠は体ごと消えたんだ……」

「そういうこと。ただ、珠姫の精神世界はかなり精巧だったけどね。強いて言えば、色がないくらいで」

「色がない？」

「そう。珠姫自身以外は、完全にモノクロの世界」

　それを聞いた途端に脳裏を過ったのは、翠が消える前に視た、グレーの世界。

　あれは精神世界だったのかと、一華は今さらながら驚く。

「グレーの世界なら、私も一瞬迷い込んだんだけど……！」

「ああ、っぽいね」

「っぽいってなに？　なんで知ってるの？」

「さっき珠姫がそんなこと言ってたから。なんか、俺に怒り狂う一華ちゃんの姿を見ながら、共感するものがあったみたいで。大量の霊を一掃したのも、多分、助けてくれたんだと思う」

「そう、だったんだ……。ってか、怒り狂う……？」

「俺に〝女を舐めすぎ〟って凄んでたじゃん」

「…………」

思い出すのは、カップルを装い珠姫を誘い出すという計画を、翠が一華に白状したときのこと。

確かに、あのときの一華はすっかり頭に血が昇っていたけれど、今になって思えば、怒るポイントがずれていたような気がしてならない。

現に、怒りだした一華に翠はずいぶん戸惑っていた。

途端になんだか恥ずかしくなり、一華はからかわれることを避けるため、咄嗟に俯《うつむ》く。

一方、翠にそんな素振《そぶ》りはなく、満足そうな表情で珠姫の方に視線を向けた。

「珠姫は、強い女性に憧れがあるみたいだよ。悲しみに呑まれて自ら命を断ってしまったことを、結構後悔してたんじゃないかな。ま、今や、他の追随を許さないレベルの最強の怨霊なんだけどね」

「強い女性か……」

「そう、一華ちゃんみたいな」

「私は別に、強くないけど」

「ちなみに珠姫は、五百年の間にそういった後悔やら恨みやらをいろいろ拗らせた挙句、男に腹を立ててみたりカップルに嫌がらせしてみたり、祓いに来た坊主を弄んでみたりと散々迷走して、強靱《きょうじん》な精神を手に入れたんだって」

「……呆れる程逞《たくま》しいじゃない」

「ともかく、そういうわけで一華ちゃんのことを気に入ったみたい。……にしても、ことごとく霊たらしだよね、一華ちゃんって」

「霊、たらし……？」

「うん。まさかそんな状態で否定する気？」

そう言われて改めて自分の姿を客観視すると、腕の中ではタマがゴロゴロと喉を鳴らし、頭の上には、もはや定位置と言わんばかりに田中が居座っていた。

確かにこれでは否定しても説得力がないと、一華は天を仰ぐ。

「霊たらしだなんて、〝心霊専門の泉宮先生〟以上に不本意な異名だけど、……まあ、今回は良しとするわ。現に、ずいぶん助けられたし」

「タマに？」

「田中にも」

「え、田中さんが？……ないない。絶対ない」

「あるんだってば。身を挺《てい》してまで庇ってくれたんだから」

「信じられない。……けど、もしそれが本当なら正真正銘の霊たらしじゃん」

「…………」

反論できないことは悔しいが、実際、一華は田中が庇ってくれたことに心から感謝し、感動すらしていた。

翠の反応が表している通り、今回のことは、怖がりの田中からはとても考えられない行動だったからだ。

翠は一華の頭から田中を摘《つま》み上げて回収しながら、やれやれといった様子で肩をすくめる。

「田中さんが浮かばれるまでは途方もない時間がかかると思ってたけど、なんだか、一華ちゃんと出会って以来、いい感じなんだよね」

「浮かばれそうなの？」

「すぐにとは言わないけど、いい方向に向かってるのは確か」

「……そう」

翠の言葉に少し安心してしまっている自分が、なんだか可笑しかった。

あらゆる霊を疎《うと》ましく思っていた前までの自分がこんな未来を知ったら、ショックで卒倒していたかもしれないと。

しかし、式神たちのお陰で、霊に対する概念がほんの少し変化したことは、否めなかった。

こういった平和な共存ならそう悪くはないとしみじみ思いながら、一華はふと、珠姫の様子を窺う。

すると、いつの間にか侍女の見送りを終えたらしい珠姫が、視線に反応したのか首だけをぐるりと回し、一華をまっすぐに捉えた。

「っ……」

思わず息を呑んだのは、その表情が仮契約前と変わらず、能面のように冷たかったからだ。

真っ白に塗られた顔面に、まったく光の宿っていない切れ長の目、そして、目頭の上にちょんと書かれた小さな眉が、感情をさらに曖昧にしていた。

決して愛想の良さを期待していたわけではないが、改めて目にした珠姫は、夜中にあまり遭遇したくないタイプの見た目であり、一華は思わず翠の背後に隠れる。

「ねえ、貫禄がすごいんだけど……。確か、十四歳って言ってなかった……？」

「十四歳だけど、精神的には五百歳だから」

「見た目には精神年齢が顕著に出てるわね……」

「とはいえ、まだまだ少女っぽい面もあるし、可愛がってあげてよ」

「いや、可愛がるのはあんたでしょ」

「それなんだけど、できればしばらく一華ちゃんに頼みたくて」

「……は?」

「相性もよさそうだしさ。あ、大丈夫だよ、そう度々現れるようなキャラじゃないから、気にならないと思うし」

「…………」

まさかの発言に、一瞬、一華の思考が止まった。

かたや、翠は早速ポケットから珠姫用と思しき依代《よりしろ》を取り出す。

このままでは言われた通りになってしまうと、一華は慌ててそれを取り上げ、込み上げる怒りを抑えながら翠を睨んだ。

「ちょっ……、待ちなさいよ! あんたがどうしても欲しいって言ったから渋々付き合ったのに、私が預かったら意味がないじゃない!」

「いや、だって俺男だし。なにされるかわかんないし」

「今さら……? そもそも、なにかされたくて捕まえたんでしょうよ」

「その言い方は、さすがに語弊が」

「だって実際……!」

「違うんだって。ともかく、一華ちゃんと過ごしてもらって、一旦珠姫を落ち着かせたいんだ」

「あんたと一緒じゃ珠姫が落ち着かないってこと……? それはいくらなんでも、自意識過剰すぎない？」
「別にそういう意味じゃ……」
『――否《いな》』
突如二人の応酬に割って入ったのは、ずいぶん重々しい声。
翠と一華が同時に視線を向けると、珠姫がゆっくりと首を横に振った。
「た、珠姫、……さま？」
『わらわの　血の筋は　滅びた　さまは要らぬ　徒《ともがら》なり』
「えっと……、つまり、呼び捨てでいいってこと……？　それより、さっきの否ってい
うのは……」
急に喋りだしたことはもちろんのこと、なにより怨霊との会話が普通に成立している
ことに、一華は驚いていた。
一方、珠姫は長い間を置き、一華が手にしていた依代に触れる。
『わらわが　好むのは　美々《びび》しく明《あき》らけし者じゃ　かの男が　憂うには　及ばぬ』
「びびしく、あきらけ……？　あの、どういう……」
『すまぬ　わらわは　眠《ねぶ》たし』
珠姫はそう言い残すと、一華の質問には答えないまま、ゆっくりと切れ長の目を閉じ
て自ら依代へと吸い込まれていった。

一華はしばらく呆然とした後、翠に視線を向ける。

「……ねえ、言葉が古くてわかんなかったんだけど、〝びびしい〟とか、〝あきらけし〟ってなに？」

「……なんだろうね」

翠はわざとらしく首をかしげるが、式神契約を交わすべく珠姫と交渉した翠が理解できないというのは、さすがに無理があった。

「じゃあいい、自分で調べるから」

妙に怪しく、一華は検索するため携帯を取り出す。

すると、観念したのか翠が溜め息をついた。

「わかったわかった。美々しいは美しい、明らけしは賢いって意味だよ」

「なるほど、ってことは、珠姫は美しくて賢い者が好きで、かの男が、……つまり翠が余計な心配する必要はないって意味？」

「まあ、そういうこと」

「……地味にフラれてるじゃない」

「……まあ、そういうこと」

「あはは！」

拗《す》ねた表情を浮かべる翠に、一華はたまらず笑う。

かたや、翠は苦々しい表情を浮かべた。

「さすがに笑いすぎ」

「だって、これまで無駄にモテてるところばかり見てきたから、スッとして」

「無駄とかスッとしたとか、容赦《ようしゃ》ないいんだよな」

「なんだか私、珠姫と仲良くやれそうな気がする」

「それはなによりですよ。理由はだいぶ不本意だけど」

「好きでもない男と四六時中一緒に過ごすなんて、確かにきついもんね。……仕方ないから、少しの間なら私が珠姫を預かってあげるわ」

翠をからかうつもりで言った言葉だったけれど、珠姫の宿った依代が、まるで返事をするように小さく揺れた。

一華はひとまず依代を胸ポケットに仕舞い、大きく伸びをする。

「……にしても、重ね重ね大変な夜だったわ。本当に、何度死を覚悟したことか」

とくになにも考えずに発した愚痴だったけれど、そんな一華を見て、ふいに翠が瞳を揺らした。

「……それに関しては、本当にごめん。霊がまた集まってくることまでは想定してたけど、まさか侍女までいるとは思わず……。ここに来る前は、死を想定しなきゃいけないような場所に一華ちゃんを誘うわけがないとまで言ったのに……」

そう言って俯く翠は、いつになく落ち込んでいるように見えた。

思わぬ反応に戸惑い、一華は慌てて首を横に振る。

「な、なに言ってんの。むしろ、また前みたいに私だけ逃がそうとしてたら、あんたとの協力関係なんて即座に終了だわ」

「一華ちゃん……」

「こっちは同行を了承した時点で、少々の危険は覚悟してるんだから。……調子が狂うから落ち込まないで」

照れ臭さから必要以上にぶっきらぼうな言い方になってしまったけれど、翠は途端に顔を上げ、いつも通りの笑みを浮かべた。

「なんだかんだで、優しいんだよなぁ」

「なんだかんだってなに」

「いや、昔はもっとストレートに優しかったから」

「……だから、覚えてないんだってば。むしろ、あんたはどれくらい覚えてるの？」

「前にも言ったじゃん。俺は二つも年上だし、結構しっかり覚えてるって」

「そもそもの話、私たちがどういう経緯で会ってたのかは知ってる？」

「どういう経緯で、って……」

「私は外との接触を極端に制限されてたのに、ちょっと変だなって」

「……ってかさ、ずっと気になってたんだけど、そこまでゴッソリ忘れられるもの……？」

「実際に忘れてるんだから、仕方なくない？」

「それは、……まあ」

「なに」

「いや、……なんでもない。薄情だなぁと思って」

翠はそう言って大袈裟に肩をすくめるが、その前に一瞬見せた意味深な表情を、一華は見逃さなかった。

おそらく、一華が当時の記憶をほとんど持っていないことに、改めて違和感を抱いたのだろう。

ただ、そこにもっとも疑問を感じているのは、当然ながら一華自身だった。

なにせ、翠とのことを思い出そうとした途端、まるでモヤがかかったように記憶が曖昧になる。

理由として考えられるとすれば、あくまで臨床心理士としての見解では、忘れたいくらいショッキングな経験をした、など。

その場合は前後の記憶ごと綺麗に消えることもあるが、一華の場合は、断片的に覚えている部分があり、少し違和感があった。

しかも、その覚えている内容というのが、「俺を信じて」という翠の心強い言葉に加え、実は初恋の相手だったという事実であり、決して忘れたいようなものではない。

気になりだしたら止まらなくなり、一華はその場で考え込む。

すると、ふいに翠が一華の顔を覗き込んだ。

「――一華ちゃん、聞いてる?」

「っ……!」

我に返るやいなやいきなり間近で目が合い、心臓がドクンと跳ねる。

「なに驚いてんの。何度も話しかけてるのに反応ないから、心配したよ」

「ご、ごめん、なに……?」

「なにって、そろそろ帰ろうって言ったんだよ」

「ああ……、わ、わかった」

一華は一旦考えるのをやめ、動揺を残しながらも頷いてみせた。

気付けば、真っ暗だった空はすでにほんのりと白《しら》んでいる。

思っていたよりも時間が経っていたことに驚くと同時に、体のいたるところが鈍く疼きはじめた。

毎度のことだが、緊張から解放された後にどっとくる疲労感は、何度経験しても慣れない。

一華は痛みに眉を顰めながらも、ひとまず荷物を片付けなければと、潰れたテントに手をかける。

しかし、そんな一華を翠が制した。

「いいよ、そのままで」

「……え、片付けないの？」

「うん。例の協力者がやってくれるから」

「協力者……」

「そう。片付け込みで依頼してるんだ」

疲労困憊している一華にとって、それはこの上なくありがたい話だった。

一方、また〝協力者〟かと、ここ最近の度重なる登場に、いったいどんな人物なのかといい加減気になりはじめている自分がいた。

「協力者って、何者なの……？」

尋ねながらも、どうせ教えてくれないのだろうと一華は思う。

翠は一見して開けっぴろげな性格に見えて、異常に秘密主義な面を持っているからだ。

――けれど。

「俺が二条院にいた頃からの、古い知り合いだよ。簡単に言えば、出入りしてた業者で、本業の寺だけじゃなく、霊能の方の道具やら消耗品やらも広く取り扱ってたんだ。今はその中の一人が独立して、こういう仕事をやってるんだよ。いわゆる便利屋みたいな」

翠は意外にもあっさりと、そう答えた。

おそらく、二条院の元後継ぎであるという素性が一華にバレて以来、隠すべきことの基準が緩くなったのだろう。

「便利屋ね……。実際に存在するんだ、そんな職業」

「もっともわかりやすく説明すれば便利屋になる、っていうだけなんだけどね。実際、お金次第でなんでもやってくれるし」

「……なんでも？」

「そう。なんでも」

「じゃあ、……仮にだけど、私が捕獲した霊を供養《くよう》してくれる場所も、依頼すれば手配してくれるの？」

「まあ、寺との繋がりはかなり広いし、面倒の少ないところを選んで仲介してくれると思うよ。でも、一華ちゃんには嶺人くんがいるじゃん」

「嶺人は、……ちょっと頼みにくい状況になったし。……それに、いずれは決別するかもしれないし」

「決別、ねぇ」

翠は軽く笑うが、一華にとっては想定すべき重要なことだった。

なにせ、嶺人がいきなり上京してきたあの日から、一華の立場はかなり危うい。

嶺人が両親に報告していないからこそ大ごとにはなっていないが、もしバレたときは、有無を言わさず連れ戻されるだろう。

つまり、一華が話した決別とは、実家から追われる身となったときのことを想定している。

もちろん、それまでに翠が〝やばい霊〟から視力を取り戻し、一華の霊能力の封印が叶ったときは、実家にとってもはや一華は用無しとなるが、それに関しては今のところまったく希望が見えていない。

「……もっとも、あっさり実家に捕まるかもしれないし、そうなったら永遠に逃げられないかもしれないけど」

淡々と口にしながら、内心、十中八九そうなるだろうと一華は思っていた。

現在の一華の自由な生活は、主に両親との偽りの信頼関係で成り立っている、不安定なものだ。

しかし、嶺人によってそれが崩壊し、いずれ逃げる気であると認識されてしまったときには、両親は監禁なり洗脳なり、どんな手を使ってでも一華を完膚《かんぷ》なきまでに抑圧するだろう。

この令和の世において呆れる程時代錯誤な話だが、両親には、何百年にもわたって受け継がれてきた寺を守っているという誇りと、一華に言わせれば強迫観念に近いくらいの気概がある。

それに加え、様々な業界と繋がりがある父の力をもってすれば、一華ひとりを思い通りにするくらい造作もないことだ。

途端に気が重くなり、一華はわずかに視線を落とす。――瞬間、翠がふいに一華の手をぎゅっと握った。

「ちょっ……」

「さー、帰ろ帰ろ」

「か、帰るから、離して」

「また霊が集まってきたら大変だし」

「だから、あんたは気配でわかるじゃない……！」

もう何度も繰り返してきたお決まりのやり取りだが、一華は正直、言葉とは裏腹に少しほっとしていた。

不安なときに翠に手を引かれると、まるで条件反射のように、気持ちがスッと和らぐからだ。

再会した当初は翠がこんな存在になるなんて思いもしなかったけれど、とくに実家に関する不安に対して、翠がくれる安心感はてきめんに効果がある。

おそらく、一華の育った特殊な環境を知っている数少ない人間であるということが、理由として大きいのだろう。

こんなふざけた男に安心させられるなんてと、不本意な気持ちもありながら、それは認めざるを得ない事実だった。

「……なんか、疲れたわ。いろいろ」

力の抜けた呟きに、翠が小さく笑う。

「なら、別荘でちょっと休む？　一応滞在できるよう整ってるし、電気やガスも使えるよ」

「なにそれ、準備万端じゃない」

「ちなみに、冷蔵庫には簡単な食事が作れる程度の材料を用意してもらってる」

「どうせ焼きそばでしょ」

「でも好きじゃん」

「うるさいな。……ただ、あんな豪華な別荘で食事なんて、落ち着けそうにないから遠慮しとく」

「そう？　まあ、俺も勝手がよくわかってないし、別荘はやめとこっか」

「そうね。……じゃあ、事務所で」

「はは！」

「なによ」

「いや、今日はいいって言わないところが可愛いなと思って」

「…………」

不意打ちの「可愛い」に、つい過剰反応してしまったことが悔しく、一華は咄嗟に目を逸らす。

ついでに言えば、この軽々しい台詞《せりふ》は二度目だとしっかり覚えていることにも、イライラして仕方がなかった。

「……そうやって、息をするように軽薄なことを言う男は女性に嫌われるわよ」

「息をするように言ってないし」

「息をするように言ってるから、記憶にないんでしょうが」

「……論破された」

翠は一華の可愛げの欠片《かけら》もない文句をも、可笑しそうに笑う。

そのいつも通りの表情を見ていると、腹立たしくも、またひとつ大変なことを乗り越えたという実感がじわじわと込み上げてきた。

やがて森を抜けた頃には辺りはすっかり明るく、一華は倒れ込むように車に乗り込んですぐに限界を迎え、あっさりと意識を手放す。

まどろみながらかすかに覚えたのは、シートがゆっくりと倒される感触。――そして。

「ほんと、全然変わってないんだよな」

笑い声の混ざる妙に優しい呟きを、かすかに聞いたような気がした。

一華が目を覚ますと、車はすでに都内を走っていた。

深い眠りから一華を覚醒させたのは、しつこく震え続ける携帯のバイブ。

まだまだ寝足りないと思いながらも、一華は寝転んだままポケットから携帯を引っ張り出し、ディスプレイを確認する。——瞬間、ガバッと上半身を起こした。

「嶺人……」

着信画面に表示された名を震える声で呟きながら、着信ひとつでこうも自分を動揺させる相手など、後にも先にも嶺人しかいないだろうと、のん気なことを考えている自分がいた。

一華は出ることも切ることもできないまま、ただ硬直する。

すると、翠が突如車を路肩に止め、一華の手から携帯を抜き取ったかと思うと、通話とスピーカーのボタンを押した。

「ちょっと翠——」

「一華……！」

咄嗟の抗議と同時に嶺人の第一声が響き、一華はビクッと肩を震わせる。——そして。

「翠、だと？……確かに翠と聞こえたけれど、今、奴と一緒なのかい？　休日のこんな時間から、あの男といったいなにをしてるんだ？　まさか、昨晩から一緒だったなんて言わないだろうね。一華はまったく理解できていないようだが、あの男に近寄ってはいけない。私は君を理解したいと言ったが、あの男の件はまったく別だよ。なにせ、奴は脱落者だ。君の傍にいてはいけない人間なんだ」

携帯から怒濤《どとう》の勢いで響いたのは、まるでお経のように淡々と、息継ぎする隙もなく続けられた長台詞。

恐怖すら覚える一華の一方、翠は必死に笑いを堪《こら》えていた。

「ちょっ……、嶺人、待っ……」

「一華、今どこにいるんだい？　昨日の夕方から君の気配を見失ってしまい、携帯には電波が入っていないようだし、どれだけ心配したことか。ようやく気配を見つけたと思ったら、家でも職場でもない。おまけに――」

「嶺人……！」

このまま永遠に喋り続ける気がして咄嗟に名を呼ぶと、ようやく嶺人は喋るのを止める。

一華は一度重い溜め息をつき、ただでさえ寝起きで上手く回らない頭を必死に働かせた。

「……まず、私がどこにいようが、誰といようが、嶺人には関係ないんだからいちいち干渉しないで」

最初に放ったジャブに、嶺人からの反応はない。

ただ、淡々と経過時間がカウントされていく通話画面から、ショックを受けているのであろう重い雰囲気が伝わってくるような気がした。

それも無理はなく、さっきのような酷く冷たい言い方は一華の素であり、対嶺人用の言葉遣いではない。

ただ、それももはや過去の話だ。

「あと、気配を勝手に探るのもやめて。理解したいなんて言ってたけど、管理したいの間違いでしょ」

「一華、違う。私は……」

「違わない。嶺人がやってることは結局ただの束縛《そくばく》だもの」

「そんな、つもりは……」

「普段から、どんな一方的で強引なこともまかり通る立場にいる嶺人には、わからないのよ」

さすがに言い過ぎだと自覚したのは、翠が一華に向け、口の前でバツを作る仕草を目にしたときのこと。

またやってしまったと、一華の顔からサッと血の気が引く。

しかし。

「……確かに、その通りだ」

嶺人は思いの外弱々しい口調で、一華の言葉を肯定した。

「え……？」

「済まなかった。確かに、それは私が見直すべき悪い癖だと思う」

「いや、その……」

「――ただ、ひとつだけ、聞いてほしい」

油断したのも束の間、嶺人の声色が急に変わり、一華の心にふたたび緊張が走る。

すると、嶺人は長く重々しい沈黙を置いた後、ゆっくりと口を開いた。

「君の気配が、おかしいんだ」

「気配が、おかしい……？」

「ああ。……私にもにわかには信じ難いことだけれど、……君には、怨霊の気配が混ざっているように思える」

「………」

心当たりがありすぎて、一華には返す言葉がなかった。

そっと視線を落とし胸ポケットの中を覗くやいなや、即座に、ぼんやりと浮かび上がった切れ長の目に捉えられる。

「ちょっと……！　この人、依代からはみ出て――」

「一華？」

「……ななんでもない。全然まったく大丈夫」

「それが、大丈夫じゃないんだよ。怨霊はもっとも邪悪で、祓うのは我々でも骨が折れる。だから、君がどういう状況なのか、目で見て確認したい。できれば、これから会いたいのだけれど」

「こ、これから……？　いや、それは、……絶対に無理」

「頼む、一華。緊急事態なんだ」

「そんな、頼まれても……」

タマや田中ならまだしも、相手が霊能師界隈でもっとも怖れられている怨霊となると、蓮月寺の次期当主となる嶺人を心配するなと説き伏せるのは、だいぶ無理があった。

一華はどうやってこの追及から逃れようかと、頭を抱える。――そのとき。

「――大丈夫だよ、一華ちゃんには俺がいるから」

しばらく黙っていた翠が、待ってましたと言わんばかりに口を挟んだ。

「……貴様」

嶺人の声にたちまち強い怒りが滲んだけれど、翠は怯む様子もなく、さらに言葉を続ける。

「怨霊のことは心配しないで。そっちと違って、俺は管理が得意だからさ。一華ちゃんも安全だし。――まあ、今のところは」

「今のところ、だと……？」

「とにかく、そういうわけだから今回は諦めて。あ、あと、さっき本人からも言われてたけど、気配をしつこく追ったりいちいち行動を詮索《せんさく》してたら、そのうち愛想尽かされるよ。……じゃ、また！」

「おい待――」

翠は一方的に言い終えると、あっさり通話を切って一華に携帯を返し、なにごともなかったかのようにハザードランプを消し、運転を再開した。

一華はただ呆然と、散々嶺人を怒らせておいて平然としている翠を見つめる。

ただ、そんな混乱の最中であっても、一華にはひとつ気付いたことがあった。

それは、翠がやけに挑発的な言い方をしていたこと。

「……今、わざと煽ったよね」

「なんの話？」

「なにって、〝そっちと違って管理が得意〟とか〝今のところは〟とか」

嶺人を怒らせることが得策とは思えない状況で、さっきの翠の言葉選びはどう考えても不自然だった。

しかし、翠は首を横に振る。

「いや、まさか。そんなつもりは全然」

「わざとじゃないなら、ただの馬鹿でしょ……。それか、……実は、裏ではうちの親と――」

「親？」

言葉に詰まったのは、次に続く言葉が、〝親と結託して私を実家に帰そうとしているのでは〟という、あまりに突飛な妄想だったからだ。

さすがにあり得ないと思いながらも、この局面で嶺人をわざわざ煽る理由としてすぐに思い当たるのはそれくらいしかなかった。

途端に疑心暗鬼になり、しかし途切れた言葉の続きは口にできず、一華はシートの上で膝を抱える。――そのとき。

「大丈夫だよ」

ふいに運転席から伸びた翠の手が、一華の頭をくしゃっと撫でた。

「……なにが」

「全部、いい方向に進んでるから」

「どこがよ……。そんなこと言うなら、さっきの……」

「うん？」

「……いや、いい」

「またそれ？」

やはり聞けないと、そもそも聞いても本当のことを言うわけがないと、一華は諦めて首を横に振る。しかし。

「大丈夫、俺を信じて」

翠は大昔のおぼろげな記憶と重なる台詞をぽつりと零し、その瞬間に、一華の心は不思議なくらいに軽くなった。

そんな自分に戸惑いながらも、なんの確証もないのに心が勝手に信じてしまうのは、幼い頃の思い出が美しすぎたせいだろうかと、一華は密かに分析する。そして。

「……わかった」

あの言葉は魔法だと柄にもないことを考えながら、柄にもないついでに、素直な言葉を返した。

第二章

「もうすぐ取り壊されるひいおばあちゃんの家で、骨董品探《こっとうひん》しない？」

すべての始まりは、大学の友人である相原美久《あいはらみく》からの、魅力的な誘いだった。

二十歳の大学生、椎名香澄《しいなかすみ》は、骨董品をはじめ古いものに目がない。

歴史を感じる品々に触れながら当時の日常を想像する瞬間がなにより楽しく、大学では文化史学を学んでいる。

そんな香澄が美久からの誘いに飛びついたのは、ある意味当然だった。

「――でさぁ、もうすぐ近くにキャンプ場ができるんだって。ひいおばあちゃんの家は長く放置されてて相当ボロボロらしいし、万が一誰かが面白がって侵入したら危ないじゃん？　だから、解体することにしたらしいの」

レンタカーを借り、埼玉の山奥にあるという目的地へと向かいながら美久が話してくれたのは、曾祖母の話と、家を解体するに至った経緯。

聞けば、曾祖父母は美久が生まれるずっと前に亡くなり、ちなみに祖父母も生まれてすぐに亡くなっているため、美久自身は一度も会ったことがないらしい。

美久の両親もまた、車以外に交通手段がないという不便さもあって、存命の頃から疎《そ》遠《えん》だったとのこと。

家と土地は祖父母が亡くなったのを機に美久の両親が相続することになったものの、先の理由から管理もおろそかなまま十年以上が経過し、現在に至る。

「そんなに関係が薄かったのに、相続放棄は考えなかったんだ？」

「それが、家と土地は二束三文だけど、現金もそこそこ遺《のこ》してたみたいでね。不動産だけ放棄するっていうのは無理なんだってさ。で、兄弟で分配する過程で、うちの親が不動産を相続することになったっていう流れらしいよ。要するに、貧乏くじを引いたってこと」

「貧乏くじ……」

「あくまで両親にとってはね。でも、ひいおじいちゃんは骨董品のコレクターで、知識もないのにひたすら買い漁るタイプだったって話だから、もしかすると価値のあるものが残ってるかもしれないなぁって。なにせ、相続時は面倒くさがって鑑定すらしなかったみたいだから。まぁ、保存状態はかなり悪いだろうけど」

「それは、確かに」

美久が言うように懸念もいろいろとあるが、それでも、香澄は高揚していた。

かつて骨董品のコレクターが住んでいた家で宝探しができるなんて、滅多にない機会だと。

さらに言えば、美久の曾祖父母が生きていた時代からして、歴史的価値のある物を発見してしまう可能性があるとまで妄想していた。――しかし。

「ただ、さぁ。……ひとつ、嫌な話を聞いたんだよね」

いきなり神妙に変わった美久の口調が、期待に胸を膨らませていた香澄をふと冷静にさせた。

「嫌な話……？」

「そう。うちの両親も、詳しくは知らないみたいなんだけどさ……」

「なに？　もったいぶらないでよ」

「いや……、まぁかなり昔の話ではあるんだけど、その家で、事故があったみたいで」

「事故？」

「そう。……なんか、子供が亡くなったとか……？」

「は……？」

途端に、全身からスッと血の気が引いた。

長年放置された古い家というだけで気味が悪いというのに、事故で死人が出ているなんて、さすがに想定外だと。

「な、なにそれ……。なんでそんな話を黙ってたの……？」

「いや、私も昨晩聞いたばかりだし、両親ですら事実かどうか曖昧だって言ってるくらいだから……」

「人が死んでるのに、曖昧なんてあり得る……？」

「それくらい疎遠だったし、とにかく大昔の話なんだってば。だいたい、事故として片付いてるんだから、そこまで気にする必要なくない？」

「いや、普通は気になるでしょ！　しかも詳細がわからないなんて、なおさら怖いし……！」

「じゃあどうする？　引き返す？」

「…………」

黙り込んだのは、決して引き返すのが惜しいという思いからではない。

むしろそうしたいくらいだったけれど、明らかに苛立っている美久の挑発に乗ってしまったが最後、険悪になってしまった空気を修復するのは相当骨が折れるだろうという煩《わずら》わしさがあったからだ。

ここから無言で帰路を辿るのは地獄でしかなく、悩んだ挙句に香澄が取ったのは、空気を読んで観念するという選択だった。

「いや、……ごめん、行こうよ。事故の話は、もうしないから」

謝ると、美久はパッと表情を明るくする。

「そう？　よかった。……ってか、やっぱ好奇心には勝てないよね」

「………」

この単純さは美久の美点でもあるが、振り回される方としては、頭の痛い部分でもあった。

しかし、行くと決めた以上は憂鬱さを無理やり胸に仕舞い込み、香澄はどんどん険しくなっていく窓の外の景色を眺める。

そして、ようやく到着したのは、昼を過ぎた頃だった。

早速驚かされたのは、想像をはるかに超える程の敷地の広さ。

縦長の土地の一番手前には、重機が仕舞えるくらいの立派な農具用倉庫があり、その奥には母屋《おもや》らしき平屋の大きな建物、さらに奥には、おそらく納屋《なや》だと思われる、シンプルな小屋があった。

ひとまず車を降りて遠巻きに眺めてみたところ、十年以上放置されていたにしてはそこまでの傷《いた》みは感じられず、香澄はほっと胸を撫で下ろす。

そんな中、美久はすでに宝探しに意識が向いているのか、躊躇いなく敷地へと足を踏み入れ、まっすぐに母屋へと向かった。

「じゃあ、まずは母屋から探そうよ！」

「う、うん……」

怯む香澄を他所に、美久は両親から預かったという鍵で早速玄関を解錠する。

そして建て付けの悪い玄関の引き戸を強引に開けると、埃《ほこり》やカビの臭いが辺りにムワッと広がった。

二人は慌ててマスクを着け、おそるおそる中に足を踏み入れる。

外観だけではわからなかったが、中は年月の経過が思ったより顕著であり、天井は湿気のせいであちこちが撓《たわ》み、柱には蜘蛛《くも》の巣が張り巡らされていた。

「さすがにちょっと気持ち悪いね」

美久はそう言いながらも、依然として躊躇う様子ひとつなく、どんどん奥へと進んで行く。

香澄が後に続くと、美久は事前に間取りを聞いていたのか、居間らしき板間を横切って縁側のある廊下へ向かい、二間続きの和室を通り過ぎて、木製の引き戸の前でようやく足を止めた。

「母親の記憶だと、この納戸に大切なものを保管してたみたいなんだよね。子供たちは入るなっていつも言われてたらしいし」

「つまり、例のコレクションがここにあるってこと……？」

「わかんないけど、その可能性は大きいと思う」

美久はそう言って目を輝かせ、やけにもったいぶりながらゆっくりと引き戸を開ける。

そして、懐中電灯で中を照らした――ものの。

中はずいぶんガランとしており、なにも置かれていない大きな棚が、左右の壁際に並んでいるだけだった。

「嘘でしょ……、なにもないんだけど……！」

美久は埃が舞うのも気にせず納戸に立ち入ると、空っぽの棚を見回してがっくりと肩を落とす。

もちろん香澄も落胆したけれど、一方で、貴重なものが手付かずのまま残されているはずがないという納得感もあり、ある意味、夢から覚めたような気持ちだった。

「残念だけど、仕方ないね」

「テンション下がるわ……。でも、ここにないならどこにやったんだろう……」

「亡くなる前に整理してたのかもしれないし」

「なんか、……ごめん」

「そんな、謝らないでよ……。それより、せっかくだから他の部屋も見てみない？」

美久はずいぶん気落ちしているが、そもそも古いもの全般に興味を持っている香澄としては、家に入って以来そこかしこで見かける年代物の家具や工芸品らしきものにいちいち目を留めながら、密かに高揚していた。

できればゆっくり母屋を見て回りたいと思いつつ、廊下を戻りながらあちこちに目を彷徨わせる。——しかし。

「ねえ、そういえば、母屋の奥に納屋があったよね？　納屋にも貴重なものを置いてたりしないかな？」

美久は納屋の存在を思い出してふたたびテンションを上げ、香澄の腕を引いて勢いよく玄関へ向かった。

確かに、敷地の一番奥にあった納屋のことを、香澄も覚えている。

香澄としては母屋に名残惜しい気持ちがあったけれど、目ぼしい物があれば譲ってもらいたいという思惑があるだけに逆らえず、美久の後を追った。

そして、母屋の玄関を出て、すぐ裏手にある納屋の前に立った、——そのとき。ふと、かすかな寒気を感じた。

「ねえ、なんか寒くない……？」

体を摩《さす》りながら尋ねたものの、美久は不思議そうに首をかしげる。

「寒い……？　私はむしろ、暑くて死にそうなんだけど」

訝しげな反応も無理はなく、季節は今、まさに夏真っ盛り。

現に、美久の額にはじわりと汗が滲んでいた。

「そ、そうだよね、変だよね……」

「体調悪いなら、車で休んでる？」

「いや、そこまでじゃ……。ごめん、平気」

「じゃ、開けるよ？」

美久はそう言って納屋の鍵を解錠し、いかにも重そうに木製の引き戸を開ける。――

瞬間、突如納屋の奥の方から、バチンとなにかが弾けるような音が響いた。

「……なんか、変な音したよね、今」

「う、うん……」

「なんだろ。戸を開けた振動で、荷物が崩れたとか？」

「そういう音じゃなかったけど……」

「だよね。……じゃあ、ハクビシンでもいるのかな」

しっくりくる予想が浮かばない中、香澄は美久に続いて、おそるおそる納屋に足を踏み入れる。

そして、早くも違和感を覚えた。

それは、電気が通ってもいないのに、中がやけに明るかったこと。

原因は、中をぐるりと見回してすぐに判明した。

「美久、この納屋、天井が抜けてる……！」

まさにその言葉通り、納屋の屋根は奥側の三分の一近くが崩れ、大きく開いた隙間から空が覗いていた。

美久はボロボロになった天井を見上げてがっくりと肩を落とす。

「嘘でしょ……？　じゃあ、もし貴重なものがあったとしても、年単位で雨ざらしじゃん……」

「奥の方の荷物は瓦礫《がれき》に埋もれてるね」

「さすがに、掘り起こす程の情熱も気力もないわ……」

「そもそも、貴重なものを保管してそうな雰囲気もないよね……。普通の倉庫って感じがするし」

「つまり、この家はハズレだったってこと？」

「ハズレだなんて……。私にとっては興味深いものもあるし……」

「私には、見渡す限り全部ゴミにしか見えない」

「ゴミは言い過ぎだよ……！」

美久はすっかり拗ねてしまい、香澄は咄嗟に美久が興味を惹かれそうなものはないかと周囲に視線を彷徨わせる。

気分屋の美久のことだから、このままでは今すぐ帰りたいとでも言い出しかねず、そうなると、遠方まで来た苦労がすべて無駄になってしまうと。

そんなとき、ふと香澄の目に留まったのは、納屋の入口付近に無造作に置かれていた、一台の古いカセットデッキだった。

それは幅が四十センチ程とずいぶん大きく、電源コードが見当たらないためおそらく電池式で、カセットの挿入口は二箇所あるものの、それ以外の機能はラジオくらいしかなさそうに見える。

つまり、これは音声の再生メディアとしてカセットテープが主流だった時代に使われていた機器であり、いわゆるレトロ家電に分類される貴重なものだ。

香澄としてもここまで古いものを目にするのは初めてであり、途端に気持ちが高揚した。

「ね、ねえ見て、すごく古いカセットデッキがある……！」

一方、美久はいっさい興味を示さず、むしろ面倒臭そうに眉根を寄せる。

「いや、普通にゴミだし。ってか、どうせ壊れてるでしょ」

「だけど、修理できる程度なら……」

「……欲しいなら、別に持って帰っていいけど」

「本当に？　とりあえず、動くかどうか確認してみてもいい？」

「……どうやって？」

「電池式みたいだから、とりあえず近くのお店で新しい電池を──」

ガチャン、と、妙な音が鳴り響いたのは、その瞬間のこと。

香澄は咄嗟に、カセットデッキから一歩後退った。

なぜなら、触れてもいないカセットデッキが、さっきの音と同時にいきなり動き出したからだ。

「ね、ねえ、……香澄、今アレ触った？」

「まだ、触ってない……」

「じゃあ、なんで動いてんの……？」

美久は疑わしげだが、現に本体上部に並ぶ鍵盤《けんばん》式のスイッチは、どれも押し込まれていない。

にも拘らず、カセット挿入口のアクリル窓越しに、テープがぐるぐると回る様子が確認できた。

古いせいかキュルキュルと不快な雑音が鳴り、香澄の恐怖をじわじわと煽る。

「なんでって言われても……。考えられるとすれば、接触の問題くらいしか……」

「難しい話……？」

「たとえば、内部に虫が侵入してたりすると、誤動作を起こすこともあるって聞くけど……」

そんなのはごく稀だと思いながらも、他に納得のいく理由など思い当たらず、香澄はとりあえずそう答える。

するると、電気製品全般に疎い美久は思いの外納得したようで、途端に表情の緊張を緩めた。

「なんだ、虫か……。まあ、屋根が抜けてるし、侵入してておかしくないよね。にしても、めちゃくちゃびっくりしたわ……」

「う、うん……」

「それより、このデッキの中、テープが残ってたんだね。なんのテープだろ」

「今のところは、無音っぽいけど……」

「音量ボタンってどれ？　上げてみようよ」

「え、聞くの？」

「ちょっと興味あるじゃん」

「音量は、多分このダイヤルだと思うけど……」

香澄は正直、虫の仕業という自分がした説明にあまり納得できておらず、興味よりも気味悪さが勝り、テープを聞くことにはあまり気が乗らなかった。

しかし、美久は躊躇いなく音量のダイヤルを最大まで回す。――瞬間、スピーカーからザワザワと雑踏のような音声が響いた。

「なにこれ。てっきり大昔の曲が入ってるのかと思ってたのに、ただの雑音じゃない

「……？」

「カセットデッキは生テープに録音ができるから、なにかを録ったのかも」

「なにかって、ずっとざわざわしてるだけじゃん」

「確かに、そうだね……」

美久の言う通り、それからしばらく同じような音声が続いた。

ただ、ときどき大きな笑い声が上がり、その雰囲気から判断するに、大勢が集まった宴会の様子ではないかと香澄は推測する。

「なんとなく、親戚の集まりっぽくない？」

思い立ったまま尋ねたものの、美久はすでに興味を失っているのか、さもつまらなそうに頷いてみせた。

「親戚の集まりなんか、なんために録音するの」

「わかんないけど……、でも、美久のひいおばあちゃんの声も入ってるかもよ？」

「入ってたとしてもわかんないよ。会ったこともないんだから」

「それは、そうだけど」

「もういいや、なにも起こらなくてつまんないし、もう飽きた」

ついに美久はそう言い、退屈そうに携帯を取り出す。

聞こうと言い出したのは自分なのにと思いながら、香澄はなにも言わずにカセットデッキの停止ボタンを押した。

しかし、そもそも再生ボタンが押されていないため、停止ボタンを押したところで手応えはなく、音声はひたすら流れ続ける。

「どうしよう、スイッチが壊れてるから止め方がわかんない……」

香澄は慌てるが、一方、美久はもはやカセットデッキを見もせずに、小さく肩をすくめた。

「電池を抜けば、さすがに止まるでしょ」

「あ、そっか……！」

「ってか、ちょっと電話してきていい？」

「え、待っ……」

この状況で一人になりたくはなかったけれど、美久は香澄の返事を聞きもせず早くも外へと向かう。

そのあまりにマイペースな振る舞いにはさすがにうんざりし、香澄は重い溜め息をついた。

とはいえ、美久が出て行った後の納屋はいっそう気味が悪く、心臓はみるみる鼓動を速めていく。

ともかく早く電池を抜いて自分もここから出ようと、香澄は早速カセットデッキを裏返して電池ボックスを開け、――思わず息を呑んだ。

単一の電池を八本入れる仕様の大きな電池ボックスには、電池が一本も入っていなかったからだ。

「嘘でしょ……、じゃあなんで……」

わけがわからず、漏れた呟きが小さく震える。

その間もテープはひたすら回り続け、録音された音声は止まることなく納屋の中に響いていた。

当然ながら、これは充電バッテリーが搭載されているような時代の製品ではない。

つまり、こうして動き続けられる理由が、どんなに考えてもない。

一気に恐怖が込み上げ、香澄はもうこのまま放置して逃げようと、カセットデッキから手を離す。

そして、そのまま出口の方を向いた、そのとき。――突如、体がまるで凍りついたかのように、まったく身動きが取れなくなった。

慌てて美久の名を呼ぼうとしたものの、声すら出ない。

さらに、肌に触れる空気が、とても夏とは思えないくらいにみるみる冷たくなっていった。

ふいに香澄の頭に浮かんだのは、これは金縛《かなしば》りと呼ばれる心霊現象ではないだろうかという、オカルト番組で得た知識。

心霊現象に対してはどちらかと言えば懐疑的な方だったけれど、電池のないカセットデッキが勝手に動き出したり、金縛りに遭ったりと、あまりに不可解なことが続いたせいで、香澄はすっかり怯えきっていた。

もし今霊が現れたらどうしようと、最悪な妄想ばかりが浮かび、込み上げた涙で視界が滲む。

その間も、背後では、カセットデッキが宴席のざわめきを流し続けていた。

しかし、それも程なくして様子が変わり、やがて、足音や食器のぶつかり合うような音が際立ちはじめる。

音質が悪くはっきりとはわからないが、なんとなく、宴会が終わって片付けが始まったような雰囲気が感じ取れた。

そのとき、突如響き渡ったのは、「片付けなさい」と嗜める女性の声。

わかりやすく苛立ちを露わにした声に、思わず香澄の心臓がドクンと大きく鼓動を鳴らした。

けれど、次に響いたのは、「はぁい」という子供の可愛らしい声。同時に、板間を走るような賑やかな足音が響いた。

おおかた、このカセットデッキで遊んでいた子供が親から片付けるよう言われ、録音の停止ボタンを押し忘れたままどこかに持ち運んでいるのだろうと香澄は察する。

普通に考えれば、このままカセットデッキは片付けられ、停止し忘れたままの録音も、電池が切れると同時に途切れるはずだ。

ただ、そのときの香澄は、無性《むしよう》に嫌な予感がしていた。

最悪にもそれが正解らしいと気付いたのは、ガタンという乱暴に片付けられた音を最後に、音声が静まり返った後のこと。

しばらくの間、デッキの処理音と思しきかすかな雑音が続いたかと思うと、――突如、そこにブツブツとなにかを唱えるような小さな声が混ざりはじめた。

これまでとは明らかに雰囲気の違う音声に、香澄は強い緊張を覚える。

これ以上聞きたくない、聞くべきではないと心が拒絶していたけれど、身動きが取れない以上、耳を塞ぐことすらできなかった。

やがて、ブツブツと呟く声は次第に大きくなり、その気味悪さに、額から嫌な汗が流れる。

しかし、その声は突如プツリと途切れ、ふたたび小さな雑音が続いた。

すでにすっかり精神を消耗しきっていた香澄は、一刻も早くこの恐怖から解放されるようただひたすら祈る。――しかし、そのとき。

唐突に、なにか大きなものが破壊されるかのような、けたたましい音が鳴り響いた。

スピーカーが耐えきれないのか音は割れ、ブツブツと途切れ途切れの音声を聞きながら、なにかただごとではない事故が起きたのではないかと香澄は想像する。

譬《たと》えるなら、地震や、家の倒壊に匹敵するくらいの。

ふと脳裏を過ったのは、この家で過去に子供が事故死したという、美久から聞いた話。

この奇妙な音声はその事故と関係があるのではないだろうかと、そう考えた瞬間に思い出したのは、天井が崩壊した納屋の風景。

全身からサッと血の気が引き、香澄は強引にその考えを振り払った。——けれど。

『——ねえ　かくれんぼ　しよう』

突如スピーカーから響いたのは、幼い少女の声。

それは、これまでのような雑音に紛れた声とは違い、まるで香澄に直接語りかけているかのように、驚く程はっきりしていた。

突然のことに頭は真っ白になり、全身がガタガタと震えはじめる。——そして。

『ね　え　か　く　れ　ん　ぼ　　し　　』

ふたたび繰り返された声は不気味に歪んでいて、ついに精神の限界を迎えた香澄は、そのまま意識を手放してしまった。

その後、なかなか出てこない香澄を心配した美久に発見され、間もなく意識を取り戻したものの、目の前のカセットデッキを見るやいなや一気に恐怖が蘇《よみがえ》り、今すぐに帰りたいと美久に訴え、二人はすぐに帰路についた。

パニック状態だったそのときの香澄には、正直、自分に起きたことがどこまで現実なのか、判断できなかった。

ただ、すべて夢であってほしいと願いながらも、時間が経つごとに怖ろしい記憶はより鮮明になり、そのたび全身に震えが走った。

そんな香澄を美久は心配したけれど、もはや口にすることすら怖ろしく、なにより信じてもらえないような気がして、結局はなにも言うことができなかった。

そして、——最悪にもすべてが現実だったと悟ったのは、ようやく家に着いて、バッグを放り出した瞬間のこと。

バッグの中からカシャンと音を立てて滑り出てきたものを見て、香澄は思わず悲鳴を上げた。

それが、まったく入れた覚えのないカセットテープだったからだ。

それはずいぶん古めかしく、あのときのテープに違いないと香澄は確信する。

いつの間に、どうやって入ったのかはわからないが、ただひとつ頭を過っていたのは、この恐怖はまだ終わらないという怖ろしい予感だった。

そして、残念なことにその予感は当たってしまう。

その日以降、香澄を悩ませたのは、四六時中どこからともなく向けられる不気味な視線だった。

実際になにかが視えるわけではないが、一人でいるときに突如背筋がゾッと冷え、振り返っても誰もいないということが、一日に何度も続いた。

十日程ですっかりノイローゼ気味になり、みるみる窶《やつ》れていく香澄を心配したのは、同居する姉。

信じてもらえるはずがないという思いがどうしても邪魔し、それまで誰にも相談せずにいた香澄だったが、本気で心配してくれる姉に、香澄は初めてすべてを話した。

しかし姉の見解は、「香澄が空き家で体験したのは全部夢で、そのときの恐怖心が拭えず、過敏になっているだけ」というもの。

ある意味予想通りではあったものの、相手が実の姉だからこそ苛立ちを抑えられず、香澄は思わず反論した。

だったら、一度、あの不気味なカセットテープを聞いてみたらいい、――と。

そのときの香澄は、間もなく自分が言った言葉を心から後悔することになるなんて、想像もしていなかった。

その後、香澄の姉は言われた通りにカセットテープを聞き、今現在、意識不明で入院している。

三日が経過した今現在も、原因はまだわかっていない。

＊

「――なるほど。カセットテープ、ですか」

「……はい」

カウンセリングルームで香澄の話を聞き終えた一華は、あくまで冷静を装いながら、正直頭を抱えていた。

話を聞く限り、原因が霊であることはほぼ間違いなく、しかもいつものように「幻覚です」と説き伏せるには、あまりにも込み入った内容だったからだ。

せめて、原因となる霊が香澄に憑いていてくれたなら、後に捕獲することを計算に入れた上で強引に誤魔化すこともできるが、彼女にそれらしき気配はない。

その理由は、明確にある。

「それで、お姉さんが意識を失った後は、香澄さんに起きていた異変がすっかりなくなったと」

「ええ、あれ以来一度も。だから、カセットテープを聞いた姉に、私に憑いてた霊が移っちゃったんじゃないかって……。そういう、呪いがどんどん移っていくみたいな話、ホラー映画で見たことありますし……」

「なるほど、ホラー映画ですか」

「やっぱり、くだらないと思ってますよね……？」

「まさか。どうぞ、続けてください」

首を横に振りながら、内心、「くだらないどころかおそらく正解です」という本音が、喉まで出かかっていた。

つまり、香澄が解放された理由は十中八九、霊の狙いが姉に移ったため。

霊にもいろいろいるが、香澄が空き家で遭遇した霊はおそらく、自分に構ってくれるだろうと目星をつけた人間に強い執着を持ち、しつこく付き纏ってくるタイプであると考えられる。

そういった事例は幼くして亡くなった子供の霊に多く、言うなれば、人見知りの子が、一度気を許した大人に全力で懐くような感覚に近い。

おおかたカセットテープには霊の念が込められていて、耳を傾けてくれる人間を探すための、いわゆる罠のような役目を担っていたのだろう。

そして、興味の対象が次々と移り変わるという、多くの子供が持つ性質が影響し、新たに罠にかかった人間に標的が絞られるという仕組みだ。

一華としては、香澄の語った内容からして、霊の正体は美久の曾祖母の家で事故死した子供に違いないと推測していた。

「ちなみに……、両親には、姉のお祓いをした方がいいんじゃないかって言ったんです。でも、二人とも全然取り合ってくれなくて。もともと、心霊現象なんてまったく信じないタイプですし……」

「ほとんどの方は、ご両親と同じことをおっしゃるでしょうね」

「私だって、前まではそっち寄りの考えだったから気持ちはわかるんです。でも、あんなおかしな目に遭った後だし、無関係とは思えなくて。その後もしつこく言ってたら、ついには精神が不安定になってるんだろうって心配されて。……やんわり、カウンセリングを勧められました」

「それで、私のところへいらした、と」

「はい。ただ、最初は両親に病んでないことを証明するためだけにカウンセラーを探してたんですけど……、いろいろ検索しているうちに、どんな心霊現象でも幻覚だと言い切り、しかもちゃんと納得させるっていう泉宮先生の名前が出てきて」

「……なるほど」

「泉宮先生に相談したら、実際に心霊現象から解放されたっていう体験談もたくさん見つけました。だから、気になったんです。私に起きたことが霊の仕業じゃないとするなら、それをどうやって納得させてもらえるんだろうって」

「……」

原因となる霊をもれなく捕獲しています、なんて言えるはずもなく、一華は溜め息を無理やり飲み込む。

同時に、世の中に広がりつつある不本意な評判のせいで、自分を訪ねてくる患者たちの目的が興味本位に近いニュアンスを持ちはじめていることに、危機感を覚えた。

とはいえ、こうして頼られた以上断るわけにはいかず、一華はあくまで冷静に、仕事用の笑みを浮かべる。

「おっしゃる通り、私は霊の存在を肯定していません。すべて、幻覚として説明できますから」

お決まりの台詞を言うと、香澄の瞳に小さな希望が揺れた。

「私の体験も、ってことですよね」

「ええ、もちろん。私の見解をお話ししても？」

「は、はい、ぜひ」

「では、……まず前提として、幻覚を見てしまう最大の原因は、恐怖心です。恐怖心を抱くと人は神経が過敏になり、心拍数が上がり、冷静さを欠いた挙句、普段はなんとも思わないような些細《ささい》なことまでいちいち気になりはじめます。そしてその精神状態は、幻覚を見る上でのベースとなります。催眠術で譬えるならば、脳を催眠にかかりやすい状態に整えておくための、予備催眠といったところでしょうか」

「予備催眠、ですか……」

「ええ。そして、香澄さんが〝予備催眠〟状態に入ったキッカケはおそらく、空き家までの道中にご友人の美久さんから聞いた、その家で過去に子供が亡くなっているという情報でしょうね」

「……確かに、そのときまではワクワクしていたのに、事故の話を聞いたときからテンションが下がったというか、急に怖くなりましたけど……」

「しかも、それを美久さんから聞いたとき、二人の間の雰囲気が少し悪くなったとおっしゃいましたよね。香澄さんが空気を読んで謝ったとのことでしたが、心に生じた不満や苛立ち、さらに不安や恐怖を呑み込んでしまったことも、精神を圧迫した原因のひとつです。やがて、解消されなかった恐怖心により神経はみるみる過敏になり、ちょっとした物音やジメジメした空気まで気味悪く感じてしまい、それらすべてを脳内で無意識的に、子供が亡くなったという話に繋げて考えてしまったのではないかと。……そうやって、図らずも幻覚を見るためのベースが出来上がってしまったのです」

「……理屈上は、なんとなくわかる気がしますけど」

「なんとなくで十分です。押し付ける気はありません。……続けますか？」

「……はい」

香澄は明らかに戸惑っていたけれど、あからさまに懐疑的な様子もなく、むしろ納得したがっているようにすら見えた。

それこそ、事前にネットで目にした、一華に対する大袈裟な情報や体験談によって、カウンセリングを受ける上での〝予備催眠〟状態が出来上がっていたのだろう。

つまり、幻覚説で説き伏せるにあたってもっとも苦労がないタイプだと言っても過言ではない。

ただし、今回の件に関しては、それを加味してもなお多くの問題があった。

まず、幻覚説を進めるにあたって最大の難関は、電池の入っていないカセットデッキが勝手に動いたという部分。

金縛りや不審な音、その後に感じた視線や気配はどうとでも言えるが、電池に関しては説明がつかず、その場合は一華がいつも使う「その時点で意識を失っていた説」を推す他なかった。

ちなみに、勝手に動いた本当の理由としては、霊が電気と相性が良いという背景がある。

一見対極にありそうな二者だが、霊が自分の存在を主張したいときに電気製品に干渉する例——たとえばテレビの映像を乱れさせたり、勝手に照明を消したりなどといった、いわゆる霊障を起こすことは、霊能師界隈だけでなくホラー好きなら当たり前に知る話だ。

つまり、霊は、電池の入っていないカセットデッキを動かすこともできる。

逆に、電池の入っていない電気製品が勝手に、しかも長時間動いたという現象を科学的に説明する方法はない。

一華は少々暴論になることを覚悟しつつ、しかし少しでも迷いを見せれば疑いを生むため、まっすぐに香澄を見つめてゆっくりと口を開いた。

「次に、納屋に入ってからのことですが……、まず、カセットデッキが勝手に動き出したことや、美久さんが出て行き一人にされてしまったことで、香澄さんの恐怖心は一気に膨れ上がったのではないでしょうか。後に気絶されたとのことですし、すでに限界ギリギリの状態だったのではないかと」

「そう、ですね……。あのときは止まらないカセットデッキがとにかく不気味で、一刻も早く納屋から出たいという焦りもありましたし」

「でしょうね。そういうとき、人間の脳は無意識的に、考え得る様々な怖ろしいことを想像します。想像の基となるのは、脳が勝手に記憶している、テレビや映画などから得たエピソードが主なのですが、……たとえば、〝こういうとき、多くのホラー映画では金縛りにかかっている〟とか、〝動いたカセットデッキに、電池が入ってなかったら怖い〟とか」

「え、それって、私が実際に体験した……」

「ええ」

「想像、って今……」

「ええ。香澄さんはそのとき思い浮かんだ中でもっとも怖かった想像の出来事を、夢と現実の境にいるときに、幻覚として見たのだと私は考えます。つまり、香澄さんが意識を失ったタイミングはご自身の認識よりもずっと早く、おそらく美久さんが出て行ってすぐなのではないかと」

「ま、まさか、そんなこと……！」

まさかと口にしながらも、香澄の口調には迷いが滲んでいた。

納屋にいた当時、まともな精神状態でなかった自覚が本人にもあるのだろう。

もうひと押しだと、一華は間髪入れずに言葉を続ける。

「あり得るんですよ。人の脳はそれくらい複雑かつ繊細《せんさい》ですから、ちょっとしたことで現実と想像が混濁します。〝予備催眠〟状態のときは、とくに顕著です」

「つ、つまり、私が電池ボックスを開けたのは、現実の出来事じゃなかったってことですか……？」

「おそらく。実際は、カセットデッキにきちんと電池が入っていた可能性が十分にあります」

「だったら、勝手に動いた理由は？　そのときは、まだ美久も一緒でしたし……」

「香澄さんの推測通り、虫の仕業でしょう。納屋を開けたときに物音がしたとおっしゃっていましたし、虫がそれに反応したのだと思います。そこまで珍しい現象ではありません」

「でも、家に帰ったら、カセットテープが私のバッグに入ってたんですよ……？」

「それに関しては私の想像も少し含みますが、香澄さんご自身による、夢と現実の境での行動である可能性が高いと考えます。電池ボックスを開ける夢を見ながら、現実ではカセットテープの挿入口を開けていたのかもしれません。あとは、美久さんのいたずら説もゼロではないですね。決して疑えという意味ではなく、ただ単純に、周囲に美久さんしかいなかったという状況から、可能性のひとつとしてあり得るという話です」

「……やりかねないキャラではある、けど」

「単純に、説明がつくという部分だけわかっていただければ」

「…………」

香澄の怒濤の質問がついに止まり、カウンセリングルームはしんと静まり返った。

そんな中、香澄は考え込んでいるのか、一人で小さく頷いており、その様子から、なんとか及第点レベルには受け入れられたようだと一華は思う。

ただ、香澄の表情は一向に晴れなかった。

その理由は、わざわざ聞くまでもない。

「……お姉さんのことは、今はお医者さんにお任せしましょう」

そう言うと、香澄は深く俯きながらも、弱々しく頷いてみせた。

「そう、ですね。……変な話ですが、もし霊が原因なら、お祓いさえすれば姉は目を覚ますと思っていたので、……ちょっと、複雑です」

その弱々しい告白に、一華の胸が疼いた。

いっそ霊が原因であってほしいと祈る程に切実な気持ちが、痛い程伝わってきたからだ。

同時に胸に込み上げてきたのは、香澄の姉に憑いた霊を、一刻も早く捕獲せねばならないという思い。

いずれにしろ、こうして強引に説き伏せた以上は、辻褄《つじつま》を合わせるためにも捕獲は必須だった。

ついでに言えば、念には念を入れ、例のカセットデッキに電池を入れておく必要もある。

ただ、そうなると姉の入院先だけでなく例の空き家の場所まで聞き出す必要があり、一華は頭を抱えた。

入院先はともかくとして、空き家の場所を自然な流れで聞き出す方法なんて、見当もつかないからだ。

探偵業をやっている翠に協力を仰げばあっさりと調べてくれそうだが、頼っていると思われるのがなんだか癪《しゃく》で、気が進まなかった。

すると、そのとき。

「……じゃあ、これは、普通に処分しても大丈夫ですよね……。この後、せめてこれだけでもお祓いしようと思って、持ってきたんですけど」

香澄が突如バッグから取り出したのは、小さな茶封筒だった。

それを目にした瞬間、一華は思わず息を呑む。そして。

「これ、って……」

瞬時に、その中身を察した。

封筒に入っている時点で表現し難い不穏な存在感を放っているそれは、例のカセットテープに違いないと。

なぜなら、霊の気配こそないものの、逆にそれが不自然に思えるくらいの濃密な余韻がしっかりと残っていたからだ。

「先生？」

「あ、いえ、……これは？」

「例の、カセットテープです」

「ああ、……例の」

しらじらしい返事をしながら、一華はやっとの思いで平静を繕う。

一方で、これを自分が聞くことで、霊の対象が香澄の姉から自分に移るのではないかと、――そうなれば、かなり手間が省けるという考えが浮かんでいた。

そんな中、香澄はカセットテープが入った封筒を手に、どこか複雑そうな表情を浮かべる。

「たとえ霊とは関係なかったとしても、やっぱり少し気味が悪いですし、家で捨てるのは気が引けるんですよね……」

それは、一華にとって渡りに船のような発言だった。

「良ければ、私が引き取りましょうか？」

なかば勢いのまま申し出ると、香澄が驚いたように目を見開く。

「先生が、これを？」

「ええ。置いて帰っていただいて大丈夫ですよ」

「でも……」

「もし、まだこのカセットテープとお姉さんの症状に関係があるのではないかという心配が拭えないようでしたら、私が一度聞いてみてから捨てても構いません。万が一、一連の出来事が心霊現象だったと仮定し、香澄さんの考察通りなら、そうすることで標的が私に移るのでしょうし」

どうやら図星を突いたのだろう、一華の言葉に香澄はわかりやすく目を泳がせた。

「さ、さすがにそこまでしていただくわけには……！」

「では、一旦私の手元に置いておいて、香澄さんの気が済んだら捨てる、という案はどうでしょうか。やはりお祓いしたいと考えたときは、すぐにお返しできるように。さっきも言いましたが、私は自分の考えを押し付けるつもりはありませんから」

「それは、正直助かりますけど……。でも、いいんですか……？」

「頼ってくださった方々の不安を出来る限り取り去ることが、私の仕事ですから。そのためでしたら、なんでも」

「なんでも……」

束の間の沈黙の後、香澄は手にした封筒をゆっくりと差し出す。

一華はそれを受け取りながら、望んだ通りの展開になったことを密かに喜んでいた。

「……先生、本当にありがとうございました。……姉が目を覚ましたら、報告させてもらってもいいですか？」

「ええ、もちろんです。意識が戻るように、私も祈っています」

「ありがとう、ございます……」

香澄は深々と頭を下げると、最初よりは幾分落ち着いた表情で、カウンセリングルームを後にする。

一華は香澄を見送った後、次の予約までまだ時間があることを確認し、受付に三十分の外出を伝えてクリニックを飛び出すと、宮益坂下《みやますざか》交差点の角にある大型家電量販店まで走った。

目的はもちろん、カセットプレイヤーを入手すること。

勤務中に外出してまで急いだ理由は、一刻も早く例のカセットテープを聞き、香澄の姉に意識を取り戻してもらいたいという思いからだ。

なにより、憑かれた状態で長く意識を失っているのは、魂の安全上あまりよろしくない。

肉体を乗っ取られる、なんてことは滅多にないが、目覚めたときに記憶を部分的に失っていたりなど、不具合が生じることは往々にしてある。

幸いなことにカセットプレイヤーはなんとか見つかり、一華はそれを買ってクリニックに戻ると、カウンセリングルームで早速例のカセットテープを差し込んだ。

もちろん躊躇う気持ちもゼロではなかったけれど、霊が現れたとしてもここは一華にとってのホームであり、捕獲するための環境が整っている。

なにより、結界が張ってあるため、みすみす逃すこともない。

心配はないと自分に言い聞かせながら再生を押すと、すぐに、ざわざわと人の話し声が聞こえてきた。

まさに宴会の様子を録音していたような雰囲気で、聞いているうちに、さまざまな年代の男女が談笑する風景が思い浮かぶ。

それはしばらく続いたが、やがて音声の雰囲気が変わり、「片付けなさい」という女性の声や子供の間延びした返事が聞こえ、続けて足音が響いたかと思えばしんと静まり返り、やがて小さなノイズだけとなった。

すべてが、香澄から聞いていた通りの流れだった。

だとすればここからが本番のはずだと、一華は姿勢を正し、音声に集中する。

すると、一度ぷつりと音声が途切れた後、ブツブツと誰かの呟く声が聞こえはじめた。

想定していたとはいえ、ひたすら呟き続ける様子はあまりに不気味で、背筋がゾッと冷える。

ただ、香澄の話によれば、これから大きな音が響くはずであり、一華はむしろそっちに警戒していた。――しかし。

『――か　く　れんぼ　し　　よう』

間もなく響いたのは、まるで語りかけてくるかのような、幼い少女のような声。

聞いていた流れと違い動揺したものの、多少の記憶違いがあっても不思議ではないと、一華は気持ちを落ち着かせるためゆっくりと息を吐く。

けれど。

『ねえ　かく　れ　んぼ　』

さらに続いた声には息を呑む程に禍々しさが滲んでいて、落ち着かせたはずの気持ちが一気に緊張を帯びた。

『かく　れ　んぼ　』

声は繰り返されるごとに低く歪み、さらに気味悪さを増していく。

『ねえ　ねえ、　ねえねえ　ねえ』

「……もう、やめて」

なにかがおかしいと思ったのは、恐怖に駆られ、思わずそう呟いてしまった瞬間のこと。

少女の声が突如ピタリと止まったかと思うと、ほんのかすかに、不気味な笑い声が響いた。――そして。

『やめ　ない』

会話が成立している、――と、強い違和感を抱くと同時にふわりとタマが現れ、即座にヒョウに姿を変える。

瞬間、――ドンと激しく部屋が揺れ、書棚の上に貼っていた結界のお札が突如真っ二つに裂け、大きく炎を上げてみるみる灰になった。

「嘘……」

まさかの出来事に一華はなにも考えられず、空気に散ったお札の灰を、ただ呆然と見つめる。

そんな中、カセットプレイヤーは酷いノイズを鳴らし続け、やがて力尽きたかのように再生をブツリと止めた。

部屋は一気に静けさを取り戻したけれど、一華には、今ここでなにが起こったのか、理解ができなかった。

ただ、そんな中でも明確にわかっていたことは、かくれんぼを要求したあの声は録音されたものではなく、録音を聞いた人間に、――一華に、直接向けられたものであるということ。

さらに、声の主と思しき少女の霊は、この部屋の結界をあっさりと破ってしまう程に強力であるという事実も。

最大の根拠として、結界に使用していたお札は過去に嶺人に頼んだものであり、それを突破されたことなど、翠の式神を除いて過去に一度もない。

それですらもまったく歯が立たなかったという事実だけで、一華を混乱させるには十分だった。

「甘く、見すぎてたかも……」

後悔の呟きが、部屋に小さく響く。

猫に戻ったタマが慰めるように擦り寄ってきて、一華はその首元をそっと撫でながら、みるみる膨らんでいく嫌な予感に重い溜め息をついた。

「タマ……、しばらく落ち着かない日が続くと思うけど、ごめん……」

その理由は、言うまでもない。

少女の霊の標的が一華に移った上、捕獲し損ねてしまったせいで、今後付き纏われることが明白だからだ。

「でも、なんとか頑張って捕獲するから、心配しないで」

言葉では強気なことを言いながらも、嶺人の結界が通じないような相手を本当に捕獲できるのだろうかと、内心、一華は途方に暮れていた。

『にゃあ』

不安を見透かしたのか、タマは一華を見上げ、なにかを訴えかけるように瞳を揺らす。

その表情を見た途端、ふと翠の存在が頭を過ったけれど、自分の仕事での判断ミスに巻き込んでしまうのはなんだか躊躇われた。

「大丈夫。……自分でなんとかする」

『……にゃあ』

「強がってるわけじゃないよ。ただ、一人でも生きていけるようになりたいって思って家を出たんだから、簡単に人を頼りたくないっていうか……」

改めて思い返せば、ここしばらく、霊と関わるときには必ず翠と一緒だった。

散々引っ掻き回されてきたが、逆に助けられたことも数えきれない。

むしろ、最近の一華は、翠がいればなんとかなるだろうという安心感すら抱きはじめていた。

ただ、それもずっと続くわけではなく、翠はいずれ、一華がもっとも嫌う世界に戻ってしまう。

そのことを考えると、常に甘えてばかりではまずいと、心が引き締まるような思いがした。

「平気だよ。なにがあっても、タマのことは私が守るから」

強く語りかける一華を、タマは依然として不安げに見上げる。

一華はそれ以上なにも言わず、パソコンに次の予約患者の到着通知が届いたのを機に、気持ちを無理やり仕事モードに切り替えた。


――しかし。

早くも弱気になったのは、その日の終業後のこと。

退勤し、渋谷駅に向かって歩きはじめるやいなや、不穏な気配に気付いた。

辺りに集中しながら確信したのは、これが間違いなく、例の少女の霊の気配であるということ。

もちろん常に警戒してはいたけれど、さすがにこんな人通りの多い場所に現れるなんて想定外であり、一華は思わず動揺した。

一方、少女の霊は無遠慮に気配を撒き散らし、辺り一帯の空気を少しずつ澱ませていく。

このままでは、敏感な一般の人たちにまで影響が出かねないと、一華は慌てて脇道に入り、できるだけ人通りの少ない方へ向かった。

足早に歩きながらジャケットのポケットを探ると、指先に試験管が触れる。

さらにもう片方のポケットの中には、試験管を封印するためのお札を大量に用意していた。

簡単に結界を突破するような相手に、いつもと同レベルの封印が通用するとは思えなかったからだ。

必ずしもお札の枚数と効果が比例するわけではないため、強引な力業とも言えるが、そもそもそれを上回る策や技を持っていない一華に選択肢はなかった。

なにせ、彼女の実家である奈良の蓮月寺では、女がどれだけ高い霊能力を持って生まれようと、同業の家へ嫁ぐためのステータスにしかならず、修行に参加することはない。

つまり、一華がこだわれるのは、封印の精度を上げるという一点のみ。

高い技術が欲しいなんて過去に一度も望んだことはなかったけれど、今日に関しては、そんな自分が心許なくて仕方がなかった。

しかし、もはやそんなことを言っている場合ではなく、一華は数珠を手首に通しながら、さらに奥へと進む。

目線の先にふわりとタマが現れたけれど、一華は即座にその体を抱え上げ、ジャケットの内側に押し込んだ。

「危ないから、しばらく出てこないで」

そのとき一華が考えていたのは、もう少し先に行けば雑居ビルが並ぶ静かな通りに差し掛かるため、その辺りで霊の捕獲を試みようという計画。

幸いというべきか、霊の気配は確実に一華を追ってきていた。

一華は携帯で周辺の地図を見ながら、次の角を曲がった辺りを捕獲場所にと決め、ゆっくりと深呼吸をする。

そして、角を曲がってすぐに立ち止まり、人通りがないことを確認すると、手首の数珠を手に握り変えた。

強い緊張の最中、じわじわと近寄ってくる異様な気配の影響で、辺りの気温がみるみる下がっていく。

一華は片方の手に早くも試験管を準備し、固唾を呑んで少女の霊が現れる瞬間を待った。

しかし、――ふいに一華を襲ったのは、両足に伝わるひんやりとした感触。

咄嗟に足元に視線を落とした一華は、思わず硬直した。

なぜなら、両足には幼い少女の霊がしがみつき、大きく見開かれた目でまっすぐに見上げていたからだ。

よく見れば、少女は全身泥まみれで、下半身は地面に埋まっており、細い首は不自然な角度に曲がっていた。

背後にいたはずなのにと戸惑う余裕すらなく、むしろ、あまりの怖ろしさに一華の思考はあっさりと奪われる。

向けられた瞳は白目まで真っ黒に澱み、辺りはたちまち禍々しい気配に包まれ、もはや捕獲どころか身動きひとつ取れなかった。

全身が小刻みに震えはじめる中、少女の霊はゆっくりと、一華の体をよじ登るようにして距離を詰める。

骨ばった手に体を掴まれるたび、一華の心の中に、自分にこんな相手を捕獲できるのだろうかという諦めが広がっていった。

そして。

『かく　れんぼ　　しよう』

間近で囁《ささや》かれ、一華は恐怖に耐えられず、ついに目を固く閉じる。

明らかに自殺行為だが、すでに戦意を失いかけていた一華は、体の反応に抗うことができなかった。——そのとき。

「——珠姫！」

ふいに聞き覚えのある声が響いたかと思うと、突如、巻き上がるような暴風が吹き荒れる。

同時に、目の前に迫っていたはずの少女の霊もまた、まるで風に攫われるかのように一華から離れた。

風が収まるのを待っておそるおそる目を開けると、正面に立っていたのは翠。

その横には、さも不満気な表情を浮かべた珠姫がいて、苛立ちをあらわに乱暴に扇子を畳み、スッと姿を消した。

理解が追いつかず呆然とする一華を他所に、翠は苦笑いを浮かべる。

「なにやってんの。頼ってくれりゃいいのに」

「…………」

「なんでわかったのって顔してるけど、一応タマは俺の式神だし」

「………」

「田中さんも、最近は一華ちゃんの挙動に敏感だしね。……って、やば、ちょっと待って。さっきの霊、珠姫の風ですら遠くまでは飛ばせなかったみたいだ。気配がまだ全然近い……」

翠はそう言って一華の手を取り、辺りをぐるりと見回した後、通りの奥で視線を止める。

見れば、そこには、地面を這うようにしながらふたたび近寄ってくる少女の霊の姿があった。

その様子を目にした途端、翠の登場で呆然としていた一華の心は、ふたたび恐怖で塗り替えられる。

翠が言ったように、怨霊である珠姫の力をもってしてもなお近くにいる少女の霊を、改めて脅威に感じたからだ。

一方、翠にさほど慌てる様子はなく、一華と後ろ手に手を繋いだまま、庇うように前に立った。

その余裕な態度を見て、一華は途端に嫌な予感を覚え、翠のシャツの裾を引く。

「ま、待って、……あんた、アレを出す気でしょ……」

アレとは、翠が契約している黒い影。

むしろ、黒い影を使わずしてこの状況を切り抜けられるとはとても思えなかった。

しかし、翠はキョトンとした後、首を横に振った。

「さすがに、あんな小さい子の霊を無下に消滅させたりしないよ。可哀相じゃん」

「……だけど」

「約束は守るから心配しないで。そもそも、そんなことしなくても、ひとまずは大丈夫そうだし」

「え……？」

そう言われて改めて視線を向けると、少女の霊は翠を前に突如動きを止めて俯き、両手で顔を覆った。

『　いたい』

聞こえてきたのは、これまでとは毛色の違う弱々しい声。

なにごとかと戸惑う一華の前で、少女の霊は泣いているかのように肩を大きく震わせる。

『くら　い　　いた　い』

その声には徐々に嗚咽が混ざり、途端に一華の胸が締め付けられた。

『こわ　い　　い　いた　い　　こわい』

気付けばさっきまでの禍々しさはもうなく、吶々《とつとつ》と繰り返される悲しげな訴えが、辺りに響く。

やがて、少女の霊はそのまま少しずつ姿を薄くしていき、間もなく、気配もろともすっかり消えてしまった。

静寂《せいじゃく》が戻り、一華は信じられないような気持ちで少女の霊がいた場所を見つめる。

「なにが、どう、なったの……？」

すると、翠は小さく肩をすくめた。

「少し焦ったけど、やっぱり珠姫の風が効いてたみたいだね。多分、気力が削がれたんだと思う。とはいえ、あの様子じゃすぐに出直してきそう」

「……そう、なんだ」

「多分ね。そもそも、子供の霊ってちょっと特殊なんだよ。めちゃくちゃしつこいし」

「………………」

「……で。どういうことか、詳しく聞かせてほしいんだけど」

そう言う翠はいたっていつも通りに見えつつも、その瞳には、一華に対する不満やもどかしさのようなものが揺れているような気がした。

「詳しく……」

「そう。あんなやばい霊にどこで目を付けられたの？　ずっとこの辺りにいたなら俺も気付いてるはずなのに」

「えっと、……うちの、患者、さんの……」

「うん」

「…………」

「一華ちゃん？」

もう誤魔化す気などなかったけれど、いまだ混乱や恐怖が尾を引いている一華はうまく頭が回らず、ろくな説明もできないまま口を噤《つぐ》む。

すると、翠は一華の腕をそっと引き寄せ、宥《なだ》めるように髪を撫でた。

「……いや、後でいいや。一旦車に乗ろう」

「車……？」

「うん。さっきも言ったけど、あの霊は絶対しつこいから、今日は一人にならない方がいいと思う。とりあえずうちに来なよ」

翠はそう言って、返事も待たずに一華の手を引いて歩きはじめる。

視線を上げると、通りの少し先に見慣れた翠の車が停まっていた。

人通りの少ない道とはいえ、ど真ん中に乱暴に停められたその光景を見て、一華はふと冷静になる。

同時に、一華の危険を察した翠が、どれだけ慌てて駆けつけてくれたかを、改めて実感した。

「……ごめん」

込み上げるまま謝ると、翠は助手席のドアを開けて一華を中に促しながら、脱力するように笑う。

「いいよ。びっくりしたけど」

「来てくれなかったら、今頃どうなってたか……。本当に、考えが甘かったと思う。自分の本職で請け負った案件だから、一人でなんとかしなきゃって思って」

「なにそれ。俺だって散々一華ちゃんを個人的なことに巻き込んでるのに。……あと、あまり落ち込まれると調子が狂うから、いつもみたいに文句言ってほしいんだけど」

「あるはずないでしょ、文句なんて……」

「遅い！　とか」

「早かったもの」

「…………」

翠は、張り合いがないとでも言いたげな表情を浮かべつつ、助手席のドアを閉めて運転席側へ回り、車を発進させる。

道中、翠はたわいもないことを延々と喋り続けていた。

誰でも育てられると聞いていた観葉植物を枯らしたとか、料理を失敗したとか、近所のコンビニが閉店していたなど。

意外と気遣い屋な翠のことだから、空気が重くならないよう沈黙を避けた上で、さほど相槌の必要ない話題を選んでいるのだろうと一華は思う。

現に、翠の止まらない話に耳を傾けているうちに、一華の心は少しずつ落ち着きを取り戻した。

「……カウンセリングルームの結界が、破られたの」

自らその話題に触れたのは、翠の事務所のビルに到着する直前のこと。

一華の予想通り、翠はすでに察していたのか、とくに驚く様子はなかった。

「子供の霊って、大人みたいに変な拗らせ方をしないぶん、瞬間的なパワーがあるからね」

「……そう、なんだ」

「ときどき、こっちが想定しなかったようなことをするんだよ。いきなり癇癪《かんしゃく》起こすみたいな感じで」

「結界を破られるなんて初めてだったから、……つい、動揺してしまって」

「動揺して当然だし、別に気にするところじゃないよ。一華ちゃんが気にすべきなのは、すぐに俺を呼ばなかったっていう部分のみ」

「……ごめん」

「いや、だから謝ってほしいわけじゃ……」

想定通りの反応ではなかったのだろう、翠はもどかしそうな表情を浮かべ、髪をくしゃくしゃと掻き回す。

一華にも翠が言わんとすることはわかっていたけれど、かといって、ここで開き直れる程図太くはなれなかった。

結果、より気を遣わせていることが不甲斐なく、一華は深く俯く。

一方、翠はなお会話を止めなかった。

「にしてもさー、珠姫はもうちょい協力的かと思ったのに、こっちが急かすまで全然動かないっていう」

そう言われて思い出したのは、翠が名を呼んでようやく現れた珠姫のこと。

翠はずいぶん不満げだが、一華にとってはむしろ、怨霊が人の指示に従ったことへの驚きの方がずっと勝っていた。

「でも、珠姫のお陰で切り抜けられたし……」

「それはそうなんだけど。でも、せっかく一華ちゃんに預かってもらってるのに、あれじゃ意味ないんだよな」

「……私は、五百歳も年上の怨霊を思うままに動かしたいだなんて、全然思ってないんだけど……」

「でも、利害関係の一致で契約してるのに薄情じゃん。……やっぱ珠姫って、イケメンの指示にしか従わないのかなぁ。たとえば俺のような」

「……ついに、自分で言うようになったの？」

「現に、俺の声に反応して意気揚々と現れたし」

「意気揚々……？　私には、これ以上ないくらい不満げに見えたけど」

「……嘘でしょ、喜んでなかった？」

「むしろ、こっちが殺されるかと思ったくらいよ」

「はは！」

楽しそうな笑い声が響き、一華はハッと我に返る。

それと同時に、いつの間にか翠のペースに流されるまま、普段の会話のテンポを取り戻していることに気付いた。

「まあ、実際、控えめに言ってもだいぶキレてたよね。珠姫は、俺のことはお気に召さないようだし」

卑屈なことを言いながらも、翠は妙に嬉しそうに笑う。

翠もまた、いつも通りのやり取りに安心したのだろう。

一華としてはなんだか照れ臭くもあり、一方で、自分の様子ひとつでこうも表情を変える翠に少し動揺していた。

やがて車は事務所のビルに到着し、一華は一度ゆっくりと深呼吸をする。

すると、翠がいつも通り外から助手席のドアを開け、一華に手を差し出した。

「だから、一人で降りられるって……」

「そうじゃなくて」

「え……？」

ポカンとしていると、翠はふいに一華の手を取り強く握る。——そして。

「俺らは協力関係なんだから、もっと俺を利用して、便利に使ってほしいんだ。どんな些細なことだろうが、全然巻き込んでいいから」

いつになく真剣な視線に射貫かれ、一華の心臓がドクンと大きく跳ねた。

ふいに頭を過ったのは、通りの真ん中に乱暴に停められた車と、駆けつけてくれた翠が珍しく隠せていなかった、もどかしそうな表情。

きっと、翠はあのときからずっとこれを言いたかったのだろうと、一華は今になって察する。

そして、〝頼って〟ではなく〝利用して〟という言葉選びからは、一華にどうしても頷いてもらいたいという切実さが伝わってきた。

「わ、……わかった」

ぎこちなくも頷くと、翠は小さく瞳を揺らす。おそらく、了承させるまでに二、三の応酬があることを想定した上で、逃がさないようわざわざ出口を塞いだのだろう。

なんだか居たたまれず、一華は不自然に目を逸らす。そして。

「……だから、わかったって」

反応を待ちきれず返事を繰り返すと、翠は途端に我に返ったように、慌てて頷いた。

「あ、……うん、ごめん。わかったなら、全然」

「………」

ぎこちないやり取りが、空気をさらに浮つかせる。

堪《た》えかねた一華は逃げるように翠の横をすり抜け、先に事務所へ続く階段を上がった。

そして、二階にある「四ツ谷探偵事務所」の入口の前に立ち、気持ちを切り替えるためゆっくりと息を吐く。——けれど。

「一華ちゃん、今日はそこじゃなくて、もういっこ上」

追いついた翠が、さらに上の階を指差した。

「上？」

「うん、自宅の方。事務所は寝るとこないから」

「寝る、とこ……？」

「だってこのまま帰れないでしょ。危険だし」

「………」

翠は当たり前のようにそう言い、先に上の階へと向かう。

一華はその後を追いながら、流れで翠の家に泊まることになってしまっているこの展開に、今さら動揺していた。

ただ、子供の霊に狙われている今、一人でいるのが危険なのは事実であり、今さら遠慮するという選択肢はない。

結果、これはただの保護であると、余計なことは考えまいと一華は自分に言い聞かせ、促されるまま三階に上がり、翠が開けて待ってくれていた玄関の戸から部屋の中に足を踏み入れる。

家の中は、もともとテナント用のビルであるためか天井も壁もどこか無機質で、住宅として改装された形跡はあるものの生活感はほぼなく、二階の事務所と同様に、まるで仮住まいのような雰囲気が漂っていた。

そんな中、一華の目に真っ先に留まったのは、玄関の四隅に貼り付けられたお札。

位置的に結界であることは確かだが、通常なら一枚で十分なところを四枚も使う厳重さが、逆に物々しさを醸し出していた。

「かなり強い結界を張ってるようだけど、ここまでやる必要ある……？」

怪訝《けげん》に思い尋ねたものの、翠はなんでもないことのように頷く。

「昔も今も、霊から恨みを買いやすい商売だからね。自宅ぐらい、リラックスして過ごしたいじゃん」

「昔って、二条院にいた頃も？」

「当然。ああいう商売やってるといろんな相談が来るし、祓いきれなかった霊もいっぱいいるし」

「……なるほど」

一応頷いたものの、霊能一家に生まれたとはいえ男ではない一華は、霊能師の仕事に関して知らないことが多い。

むしろ、余計なことは知らないに限ると自ら避けていたような面もあり、今回も一華はあえて掘り下げず、すぐにこの話題を終了させた。

翠もそれ以上なにも言わず、一華をリビングに通してソファに座らせると、キッチンで電気ケトルをセットする。そして。

「で……、そろそろさっきの霊のこと聞きたいんだけど、話せそう？」

そう言って、一華の隣に座った。

軽い口調とは裏腹な真剣な視線に、たちまち心に緊張が走る。

一華はひとまず頷き、バッグの中からお札を巻いたカセットテープを取り出すと、翠に見せた。

「なにこれ、カセットテープ？」

「そう。さっきの霊は、元々このカセットテープに宿っていたの。うちに相談に来た患者さんが放置された家で見つけたものらしいんだけど、これを聞いた人が次々と狙われていて――」

一華は、香澄から聞いた話をすべて翠に語った。

香澄が宝探しをしに向かった空き家でカセットデッキが勝手に動き出したことや、以降、香澄の周囲に異変が起きはじめたこと、そして、カセットテープを聞いた姉が現在意識不明であること。さらに、自分が標的になれば、すべてが丸く収まると考えたことまで。

翠は一華の話に真剣に耳を傾けていたけれど、一華が話し終えた途端に、ほんのわずかに目を輝かせた。

「へー……、標的が移り変わっていくタイプか。そういうの、映画や小説でよくあるよね。エンタメと相性がいいっていうか」

「……面白がらないで」

「いや、感心してるんだよ。心霊専門のカウンセラーなんて謳《うた》われてると、いろんな体験談を聞くんだなって思って。あと、その話を聞いてほんの少し安心した面もあるし」

「安心？……相手は結界を破るくらい強い霊なのに？」

「そこに関してはもちろん悩ましいんだけど、ただ、次々と標的を変える霊っていうのは、逆に言えば移り気っていうか、執着が薄いってことだからさ。耳を傾けてくれそうな人が現れ次第、すぐ乗り換えちゃうわけだし」

「私もそう思ったからこそ、カセットテープを聞こうと……」

「それ、一華ちゃんはずいぶん反省してたみたいだけど、話を聞いた感じ、俺は結果オーライだったたと思うよ。お陰で、香澄さんのお姉さんの意識は近々戻ると思うし。なにせ、意識を飛ばすくらい霊障の影響を受けやすいタイプなら、できるだけ早く対処しないと危険だしね。……一華ちゃんは、そこも考えた上で判断したんでしょ？」

どうやらさりげなくフォローされているらしいと、一華は察した。

翠は常に軽薄に見えて、実は人の感情の機微《きび》に聡く、その上共感力も高いことを、これまでの付き合いの中で一華はよく知っている。

素直になれず自嘲気味に言うと、翠は首を横に振った。

「だけど、結果的に自分があんなに追い込まれてたら世話ないから」

「だけど、一華ちゃんなら狙われても霊に耐性があるじゃん。なにより、俺が近くで守れるしさ」

「よくそんな台詞を恥ずかしげもなく……」

「ま、それも、俺をもっと利用してくれればの話だけど。さっき駐車場でした約束、忘れないでね」

「…………」

しっかりと釘を刺され、一華は口を噤む。

同時に、結局自分はまたこの男の手のひらの上で転がされるのだと、しみじみ実感していた。

「そ、それより、あの子はどうやったら落ち着くの……？　今のままじゃ、とても捕獲できそうにないんだけど……」

居たたまれなさから逃れるため、一華は咄嗟に思いついた疑問を口にする。

すると、翠は曖昧に首をかしげた。

「いや……、そこはまだなんとも。この世に留まってる以上、なんらかの望みがあることは確実としても、子供ってわかり辛いからなぁ……。ともかく、誰かに望みを聞き入れてもらえるまでは落ち着かないだろうね」

「あの子の、望み……」

「なんかそれっぽいこと聞いた？」

「特に、望みって言えるようなものは……。ただ、かくれんぼしようって繰り返すだけで……」

「かくれんぼ、ねぇ」

翠は悩ましげに眉を顰め、天井を仰ぐ。

しかし、すぐに表情を戻し、突如立ち上がってリビングの奥のドアを開けた。

「ま、今悩んだところでわかるはずないし、また現れたときにでも聞けばいいってことで、今日はゆっくりしなよ。一華ちゃんはあっちの寝室で寝て。あと、浴室は廊下の右側のドアで、そこに洗濯乾燥機があるから好きに使っ——」

「ちょ、ちょっと待って……！」

急な話の転換に付いていけず、一華は慌てて翠を止める。

一方、翠はキョトンと首をかしげた。

「どした？ シーツなら綺麗だよ、ちょうど今朝替えたから」

「そうじゃなくて！ お風呂なんて一晩くらい入らなくても全然平気だし、私がソファで寝るから、そんなに気を遣わないで……！」

「いや、気を遣ってるっていうか、ベッドを使ってもらわないと困るんだ。俺、この部屋で少し事務作業したいから」

「……だったら、私はやっぱり事務所で」

「でも、事務所の結界はここ程強くないから、突破されるかもだし」

「…………」

「つまり、寝室で寝てもらうのが一番都合がいいんだ。俺を気遣ってくれてるんだろうけど、だったら言うこと聞いてくれた方が、俺は安心して仕事できるんだよね」

なにも言い返せず、一華は黙って俯く。

思えば、最初は翠に頼っていると思われたくなくてあえて相談しなかったというのに、結果的に世話をかけまくっているこの現状が、情けなくて仕方がなかった。

「……ありがとう。この借りは必ず返す」

「堅いってば。ってか、食事作るけどなにがいい？」

「い、いい、大丈夫！　それに、あまり食欲がないの」

「じゃあ、冷蔵庫に入れとくからお腹すいたら食べて」

「………」

ことごとく遠慮させてもらえず、諦めからか、肩からどっと力が抜けた。

ふと、過去に誰かにこんなにも構われたことがあるだろうかと、答えを悩むまでもない疑問が浮かぶ。

それと同時に、人に気にかけてもらうというのはこんなにくすぐったい気持ちになるのかと、慣れない感覚に少し戸惑っていた。

結局借りることになった翠のベッドは、部屋の生活感のなさとは裏腹に、なんだか優しい香りがした。

一華は布団の中でタマを抱きしめ、考えもしなかったこの展開に、小さく溜め息をつく。

「数時間前は死すら過ったっていうのに、嘘みたい……」

零したひとり言の通り、ベッドに入った一華は自分でも信じられない程にすっかりリラックスしていた。

状況はなにひとつ好転していないというのに、自分は一人じゃないという安心感からか、不安も緊張もじわじわと曖昧になっていく。

ぼんやりしながら思い出すのは、幼い頃、家族との温度差を感じながら、いつも孤独感を抱えていた日々のこと。

あの頃の自分にも、なにも偽ることなく素でいられる相手が傍にいてくれたなら、きっとなにかが違っていたのにと、そんな妄想まで浮かんでいた。

「……実家の周りに、そんな人が存在するわけないか」

事実、家族や寺に深く関わる人間に、一華の理解者はいない。

だからこそ、もし家に戻るようなことになれば、いずれ両親が同じ思考を持つ夫を一華の伴侶に選び、その人の妻となって本音を殺し続ける一生を過ごすことになる。

想像しただけで頭痛がし、一華は慌てて首を横に振った。

「そんな最悪な未来にならないように、今こうして頑張ってるんだから……」

自分に言い聞かせながら布団に深く潜り込むと、一気に静寂に包まれる。

ここへ来たときはとても眠れないだろうと思っていたのに、静けさに加え、香りや心地よく調整された空調や、なにより不思議な程の安心感が、一華の意識を少しずつ奪っていった。――しかし。

それから一時間も経たずして、一華はふと目を覚ます。

とくに不穏な気配があるわけでもないのに、覚醒した瞬間から、なんとなく心がざわざわしていた。

おそらく慣れない環境のせいだと思い、ふたたび目を閉じる。――瞬間、ふいに底冷えする程の強い視線を感じた。

これは絶対に気のせいではないと、一華はガバッと上半身を起こし、部屋をぐるりと見回す。

しかし、やはりそれらしい気配はなく、それどころか些細な霊障ひとつ感じられなかった。

そもそも、厳重な結界で守られたこの家に、何者かが簡単に入って来られるとは考え難い。

頭ではわかっているものの、一華には、この強烈な違和感を無視することができなかった。

結果、一華はベッドから下り、ひとまず外の様子を見ようと窓際へ行く。

そして、分厚い遮光カーテンに手をかけ、思いきり開いた、――そのとき。

「っ……」

思わず、声にならない悲鳴が零れた。

なぜなら、ガラス一枚隔てた向こう側には、不自然な角度に首が折れた少女の霊の姿があり、光のいっさい宿らない澱んだ目で一華をまっすぐに見つめていたからだ。

一華は弾かれるように窓から離れ、サイドテーブルに置いていた数珠を手探りで掴む。

それを手首に通しながらふと頭を過ったのは、こんなに間近にいるというのに、気配ひとつ伝わってこない奇妙さ。

おそらく結界の効果だと思うものの、ここまで完璧に気配を遮断できる結界など一華は知らず、恐怖の最中であっても驚きを隠せなかった。

そんな中、一華を捉えた少女の霊は窓にべったりと張り付き、かすかに、口角を上げる。

どこか喜んでいるような表情が、一華の恐怖を煽った。

さらに一歩後退ると、少女の霊は途端にスッと笑みを収め、震える手で窓を叩きはじめる。

しかし、その音も衝撃も、部屋の中にはいっさい伝わらなかった。

やはり部屋の中には絶対に入って来られないようだと、確信するにつれやや冷静さを取り戻した一華は、改めて少女の姿を見つめる。

「あなたは、どうしてほしいの……？」

震える声で問いかけたのは、さっき翠が話していた、少女が叶えたがっている望みのこと。

それを聞き出す上で、結界が効いている今以上のチャンスはなかった。

少女の霊は一華の言葉には反応せず、ひたすら窓を叩く。

『かく　れん　ぼ　　は』

「遊んでる場合じゃ、なくて……、あなたの叶えたいことを教えてほしいの」

『ねえ　　　かく　　れんぼ』

「お願い、だから」

『かく　れ　』

「私にできることなら、するから……！」

『　　　　しよ』

結局、どれだけ必死に訴えたところで、会話が成立する気配はなかった。

むしろ、少女は窓越しにみるみる表情を歪ませていき、やがて澱んだ瞳から黒い涙を流しはじめる。

その姿はおぞましくもあり、悲しくもあった。

やがて少女は窓を叩いていた両腕をだらんと下げ、一華とまっすぐに目を合わせたまま、闇に溶け込むかのようにゆっくりと姿を消していく。

それでも最後の最後まで目を逸らされることはなく、その表情が、一華に対する強い執着を物語っていた。

一華はしばらく身動きが取れないまま、少女の霊がすっかり消えた後もしばらくその場に立ち尽くす。

そのとき、ふいにリビングの方からカタンと物音が聞こえ、途端に我に返った。

声を出したせいで翠を起こしてしまったかもしれないと、一華は細くドアを開けてリビングを覗く。

暗闇の中、パソコンの前に座る翠の姿が目に入った。

そういえば、翠がリビングで事務作業をしたいと話していたことを思い出し、一華はほっとしてドアを開ける。――しかし。

「翠、起きてたの？」

声をかけるやいなやビクッと肩を震わせた翠を見て、妙な違和感を覚えた。

「あ……、一華ちゃん……、なにかあった？」

「なにかって、……ちなみに、全然気付かなかったの？」

「うん？」

「さっき、窓の外に例の少女の霊が出て」

「あ、そ、そうなんだ。でも大丈夫だったでしょ？　あ、なにか聞けた？」

「……………」

やけに態度が空々しく見え、一華は壁際の照明のスイッチを入れる。――瞬間、翠は慌てて背中になにかを隠した。

「なに、今の」

「え？」

「……なにか隠したでしょ。見せて」

「い、いや……」

「見せてってば」

ついさっきまでの恐怖すら忘れ、一華は翠に詰め寄り背中の方に手を伸ばす。するど、小さな箱形のものが指先に触れ、強引に手繰り寄せると、それは記憶に新しいカセットプレイヤーだった。

「……これって」

この時代、カセットプレイヤーを日常的に使っている若者はほとんどいない。一華が昼間に行った大型家電量販店ですら、取り扱いはほんのわずかだった。

それを踏まえると、ここにある理由などさほど考えるまでもなく、一華は確信的な気持ちでカセットテープの挿入口を開ける。

するとある意味予想通りと言うべきか、中にはずいぶん見覚えのある古めかしいカセットテープがセットされていた。

「これって、私が持ってきたカセットテープじゃない……！　いつの間に……、っていうか、まさか聞いたんじゃないでしょうね……？」

おそるおそる尋ねると、翠は観念したように肩をすくめ、首を横に振る。

「いや、今まさに聞こうと思ったところで、一華ちゃんが……」

「まだ、聞いてないのね？」

「残念ながら。あの子がもうちょっとだけ一華ちゃんを引き留めてくれていれば……」

「なにそれ……、やっぱり全部気付いていたんじゃない！　勝手にカセットテープを持って行って、コソコソと卑怯《ひきょう》よ！」

「ひ、卑怯って……！　だって提案しても絶対に嫌だって言うだろうし、でも俺に憑いててくれた方が都合がいいじゃん……！」

「都合ってなにが！」

「いや……、一華ちゃん、カウンセリングルームの結界が突破されるってわかってる状況で、仕事に行けないでしょ？」

「仕事……」

復唱しながら、確かにその通りだと途端に冷静になった。

ちなみに、嶺人のお札は余剰があるため、前と同等の結界なら張ることができるが、少女の霊に対して意味がないことはすでにわかりきっている。

一華が黙ると、翠はさらに言葉を続けた。

「ハラハラしながら働くくらいなら、俺に憑いてた方がいいかなって。もしさっきの霊が相談者の目の前で暴れ出しでもしたら、もうなにもかも終わりだよ？」

「…………」

「もちろん、カウンセリングルームにここと同程度の結界を張るって手もあるんだけど、四隅に物々しいお札なんて貼ってたら、幻覚だって言い張ってる説得力がなくならない？」

ぐうの音も出ず、一華は愕然とする。

少女の霊の対処しか頭になかった一華とは違い、翠の視野はその何倍も広く、反論する術などあるはずがなかった。

「……その、通りだわ」

観念してそう言うと、翠はほっと息をつく。しかし。

「でしょ？　だから、俺がカセットテープを――」

「それは、駄目！」

その部分に関しては、どうしても譲れなかった。

「え、今納得してたじゃん……」

「あんたが正しい。それは認める。……でも、だからって自分に憑いた霊を人に押し付けるなんてこと、絶対にしたくない」

「じゃあ、仕事どうすんの……？」

「仕事は大事よ。自分の力で必死に摑んだ、平和に生きるための術なんだから。……でも、誰かを犠牲《ぎせい》にしてまで守りたいわけじゃないし、そんなことしたら私の信念に反する」

「いや、堅いんだって……。もっと柔軟に考えようよ。そもそも、誰かって言うけど俺だよ？　一般人ならともかく俺は――」

「私は！」

「は、はい」

「そんな心苦しい手を使わずに、なんとかしたいの。あの子の望みを叶えるまで、仕事は休んだっていい。――だから」

「だ、だから……？」

「……手伝ってくれるって、……言ってたよね、さっき」

「…………」

語尾が弱々しくなった理由の多くは、大見得を切っておいて手を借りようとしている情けなさから。

ただ、どう考えても一人でどうにかできる相手でないことがわかりきっているぶん、それ以外の選択肢はなかった。

翠はポカンと口を開けたまましばらく呆然としていたけれど、やがて、小さく笑い声を零す。

「……笑うな」

居たたまれず乱暴な文句を言うと、翠が一華の髪にそっと触れた。

「いや、……面白いわけじゃなくて、単純に嬉しくて。早速、約束守ってくれるんだなぁって思ったから」

約束とは、〝もっと俺を利用して〟という、翠からの要求。

一華としてはとくに意識したつもりはなく、単純に翠の力を必要としての言葉だったけれど、やけに嬉しそうにしている翠を見ていると、もうそれでいいかと思えた。

「つまり、その……手伝ってくれるってこと？」

「もちろん。一華ちゃんがそこまで言うんだったら、霊は一華ちゃんに憑かせたままで解決方法を考えよう」

「……ありがとう」

「いえいえ。まぁその方が一華ちゃんらしいし」

一華はほっとし、どっと脱力する。

とはいえ、望まない方法を免《まぬが》れたというだけで、この先の見通しがついているわけではなく、考え出すと頭痛がした。

「……ただ、偉そうなことを言っておいてなんだけど、私はあの霊から望みを聞き出すどころか会話もままならなかったし……。こんなペースじゃ、解決なんていつになるか。その頃にはクリニックをクビになってるかも……」

悩ましいのは、やはり仕事のこと。

いきなりまとまった休みを取るとなれば、病院にも患者にも、かなりの迷惑をかけてしまう。

院長の高輪《たかなわ》はかなり理解のある人物で、休みたいときは気軽に相談するようにと常に言ってくれてはいるが、現時点では、いつまで休むかの目処すら立たない。

すると、そのとき。

「大丈夫だよ、急げば」

翠がなんでもないことのようにそう言い、一華は思わず顔を上げた。

「急ぐ……？」

「うん。俺が身代わりになる場合はのんびりでいいと思ってたけど、そういうことなら急いで進めよう」

「ずいぶん簡単に言うけど、私はまだあの霊の望みすら……」

「見て、これ」

「……え？」

突如向けられたのは、パソコンのディスプレイ。

そこには、十八年前の新聞記事が表示されていた。

見出しには『埼玉　集落にて老朽化した納屋が半壊　少女が犠牲に』とあり、一華は目を見開く。

「この記事、って……」

「霊の正体、この犠牲になった少女っぽいなって思って」

「え、……どういうこと？　っていうか、どうやって見つけたの……？」

「どうって、現在住人がいない埼玉の山奥の集落で、近くにキャンプ場ができる計画があって、十年以上前に子供の死亡事故があったっていう、一華ちゃんの話をもとに。そしたら、この事故が出てきたんだ」

「たった、それだけのヒントで……？」

「俺じゃなくて、協力者が調べてくれたんだけどね。ちなみに、カセットプレイヤーも彼に手配してもらったんだ。結果、使わなかったけど」

「……………」

あまりの仕事の早さに、一華は言葉を失っていた。

かたや、翠は携帯を取り出し、スケジュールを開きながらさらに話を進める。

「ってわけで……、ひとまず現地に行きさえすれば、なんとかなる気がするんだよね。幸い明日は金曜だし、一華ちゃんにはひとまず明日だけ休んでもらって、最悪でも日曜までに解決させればたいした影響はないでしょ？」

「むしろ、そんなに早く……？」

「ただし、この場所は現時点での最有力候補ってだけで、絶対合ってるっていう保証はないからね。間違ってた場合はまたゼロからスタートだよ」

「……そう、だよね。香澄さん本人か、香澄さん経由で美久さんに場所を聞いてもらえば確実だけど、知りたい理由を聞かれると……。かといって、情報が確定するまでただ待ってるのも落ち着かないし……」

「そこらへんの判断は任せるよ。一華ちゃんらしく、もう少し慎重に進めるって手もある」

　選択を委ねられた途端に一華の頭に浮かんだのは、常に慎重さを欠いているように見える翠のこれまでの行動のこと。

　一華はそれを度々非難してきたけれど、今ばかりは、慎重という言葉が歯痒く思えてならなかった。

もう二度と翠の無謀さに文句を言えないと思いながらも、一華は、ゆっくりと首を横に振る。

「……ううん、行きたい。間違っててもいいから、とにかく動きたい」

「了解！」

即座に戻された明るい返事には、心に燻る戸惑いや不安をすべて吹き飛ばすくらいの心強さがあった。

それと引き換えに込み上げてきたのは、ここまで翠を巻き込んでいいものだろうかという思い。

「……あの、……今さらだけど、ここまでしてもらっていいの？」

躊躇いがちに尋ねると、翠は小さく笑った。

「なんで？」

「なんでって、もともとは私の過失なのに協力者まで使って……」

「でも、今回もなかなか〝やばい霊〟だし。俺の目的に関係ないとは言い切れないじゃん」

「そんなわけないでしょ……。今回の霊は、カセットテープを聞かないと動かないんだし、翠に心当たりがないなら完全に除外だと思うけど」

「いいや、俺からすれば、やばい霊は全部候補。むしろ、これまでも一華ちゃんを関係なさそうな案件に散々付き合わせてきてるし、今回もその中のひとつっていうだけの話だよ」

「……強引なこじ付けに聞こえるんだけど」

「あと、単純に、俺の相棒が万全じゃなきゃ、いろいろ困るから。つまり、一華ちゃんの危機は俺の危機でもあり、それを解決するのは、結果的に俺のためにもなるっていう」

「…………」

「一蓮托生ってやつ」

不覚にも、サラリと言われたその言葉に、心がぎゅっと震えた。

しかし、これは互いに利用し合うだけの、いつかは解消する関係であるという現実をすぐに思い出し、一華は冷静さを保つ。

「……今だけの関係に、そういう重い言葉は使わないのよ」

冷たい言い方だと思いながらも必要以上に強く突き放したのは、相棒という言葉に心地良さを感じはじめている自分の心が、勝手に変な期待をしてしまいそうで怖かったからだ。——けれど。

「今だけかどうかは、わかんないけどね」

軽い笑みとともに言われた言葉がやけに意味深で、一華はなにも返すことができなかった。

「なに言っ……」

「――ともかく、そういうことなら明日から調査開始だし、一華ちゃんは早く寝て！」

「え、でも、翠はまだ調べるんじゃ……」

「あとちょっとだけね。あ、怖いんだったら添い寝するけど」

「……おやすみなさい」

「おやすみ」

結局、そのときも翠に上手く転がされたまま、一華は寝室へ戻る。

そして、カーテンをしっかりと閉め、頭の中を無理やり明日からのことでいっぱいにし、やがて眠りについた。

「――あの霊の望みってさ、かくれんぼそのものなんじゃないかと思うんだよね」

「つまり……、かくれんぼがしたいってこと？」

翌日の昼前。

一華は計画通り仕事を休み、翠の車で例の事故現場へと向かっていた。

道中、翠が語りはじめたのが、今回の重要なポイントとなる、少女の霊の望みについて。

ポカンとする一華を他所に、翠ははっきりと頷く。

「そういうこと。っていうのが、事故の記事には納屋で亡くなったって書いてあったけど、子供が一人で納屋に行く用事なんてそうそうないじゃん？　だから、事故の瞬間は、かくれんぼ中だったんじゃないかと思うんだよね」

「なかなか見つけてもらえずに、そのまま……ってこと？　でも、納屋なんてすぐ見つかりそうだけど……」

「子供同士ならそうかもしれないけど、カセットテープに入ってたのは大人の声ばっかりだったんでしょ？　だから、集まりには子供が少なくて、鬼を大人に無理やり押し付けて隠れた可能性もあるなって。もちろん憶測でしかないんだけど、やけにかくれんぼにこだわってる理由も、相手してくれる人がいなくて寂しかったんじゃないかと思うと、納得いく気がして」

そう言われ、一華は改めて、カセットテープに録音されていた音声を思い返す。

もっとも記憶にあるのは、長々と続いていた、大勢の大人で賑わっているような騒がしい音声。

そんな中、子供の声に関しては、録音していたと思しき一人のもの以外は確かに記憶にない。

さらに、少女の霊がこれまで一華に訴えてきたことといえば、「かくれんぼしよう」

の一点張りだった。

ちなみに、子供の浮遊霊が遊ぼうと訴えてくることはよくあり、それ自体が深い意味を持つことはほぼない。

ただ、翠が言うように、そもそもかくれんぼに強い執着がある上、直接死の原因に関わっているとなると、その可能性も否定はできなかった。

「そうだとしても、寂しい思いをして辛い目に遭ったのに、思い残しはかくれんぼだけなんてことが……」

「事故死って予測できないし、即死の場合はなおさら、恨みやら無念やらを考えてる暇なんてないんだよ。だから亡くなった瞬間や寸前の感情を引きずるんだと思う。もっとも、長く苦しんだりすれば話は変わってくるだろうけど」

「なるほど……。つまりあの子の場合は、遊んでほしいっていう思いが強く残ったってこと……？」

「まさに。いかにも子供らしくて純粋だけど、昨日も言った通り純粋ゆえに強い力を持つから、油断はしないで」

それを聞いてふと一華の頭を過ったのは、翠が昨日話していた〝子供の霊って、大人みたいに変な拗らせ方をしないぶん、瞬間的なパワーがあるからね〟という説明。

聞いたときは深く考える余裕がなかったけれど、あの強い力の根源が遊んでもらえない寂しさだったのだと思うと、途端に胸が痛んだ。

「かくれんぼに付き合えば、あの子は満足するの……？」

「まあ、浮かばれるとまではいかなくとも、一華ちゃんが捕獲できるくらいには落ち着くだろうね」

「そんなことでいいなら、想像してたよりずっと簡単だわ」

「簡単、って言われるとそれもまた……」

「……なに？」

「いや、……とりあえずやってみないことにはね」

翠の微妙な反応が気になりつつも、一華はひとまず考えないようにし、みるみる山深くなっていく景色に視線を向ける。

なにせ、そのときの一華は、他にも頭の痛い問題を抱えていた。

「……もし、捕獲できたとして、……その後の供養はどうすればいいんだろう」

これまでは嶺人に供養を頼んでいたけれど、すっかり微妙な関係になってしまった今、なにごともなかったように渡すわけにはいかなかった。

嶺人はこれまで一華から届く霊たちについて、一華が寺の生まれであるという使命感に駆られて捕獲したものだと解釈していた。

それが、翠とつるんでいる上に式神を連れ、なにやら怪しい動きをしているようだと警戒されてしまった今、新たな霊を渡そうものなら、さらなる不信感を持たれかねない。

一華は職場のデスクに入れっぱなしの霊たちのことを考え、途方に暮れた。

すると、そんな心情を察したのか、翠が口を開く。

「まあ、供養できるお坊さんは嶺人くんだけじゃないし、格の高い人を選んで頼めばなんとかなるんじゃない？」

「今回だけならそれでいいけど、私の場合、今後も試験管に詰め込んだ霊を定期的に引き取ってもらわないといけないわけだし……。なにも聞かずにそんなことを請け負ってくれるお坊さんなんているのかなって……」

「いっそ霊能者だって名乗って、ビジネス的な付き合いをすれば、なんとかなると思うよ。まあ、お金はかかるかもしれないけど」

「お金はともかく、捕まえるだけしか能がない霊能者なんて怪しまれない？」

「まあ、怪しまれたら最後、一華ちゃんの素性はあっさり割れるだろうね。なにせ、狭い世界だから」

「……実家にバレるってことね」

「そう考えると、やっぱどう考えても嶺人くんが適任だよね。……なにせ、一華ちゃんには異常に甘いし、今のところ実家に黙っててくれてるわけだし。なんとか上手いこと今後のことも交渉できれば一番いいんだけど」

「………」

不本意ながらも、嶺人が一華に甘いという言葉には、返す言葉がなかった。

これまで、嶺人という存在を心から厄介に思っていながらも、その甘さに乗じて都合よく供養を頼んできたことは、紛れも無い事実だからだ。

むしろ、違う人生を突き進みつつも、なんだかんだで霊と関わらざるを得ない自分の状況をすべて生まれた環境のせいにし、逆にその環境を受け入れている嶺人に霊を請け負ってもらうのは当たり前だと、そうやって自分を納得させていた部分すらある。

しかし、いざ嶺人に頼み辛くなるとどうすることもできない。次第に、新たな人生も結局、嶺人の協力なくしては成り立たなかったのではないかと、もっとも抱きたくなかった重い感情が、心の中に広がりはじめていた。

「一華ちゃん？　急に黙って、どうかした？」

「……なんでもない」

「なんでもないって雰囲気じゃないけど」

「いや、……ただ、私だって、家を出てまで霊を捕獲する日々が来るなんて思ってなかったっていうか……」

「……なんの話？」

「なんだか、……急に、そういう葛藤が……」

言いながら、みっともない言い訳だと自覚していた。

唐突な愚痴に翠もさぞかし困惑しているだろうと思うものの、もはや説明する気力もなく、一華は黙って俯く。――しかし。

「よくわかんないけど、とにかく霊能力さえ封印すれば、そういう悩みは全部なくなるんでしょ？」

翠が明るく口にしたその言葉で、一華はふたたび顔を上げた。

翠はほっとしたように笑い、さらに言葉を続ける。

「視ることも捕まえることも出来なくなれば、悩みようがないわけだし。当然、葛藤する必要もなくなるしね」

霊能力の封印とは、視力を取り戻したいという翠の目的に協力する上で、翠が一華に提示した対価。

そんなことができるなんていまだに信じがたいが、翠にはそれを可能とする人間に伝手があるらしい。

「……確かに、そうね。その話が本当なら」

「本当だってば。だから、なにもかも俺の視力が戻るまでの辛抱ってことで、重く考える必要ないよ」

「そう、かな」

「あと、一華ちゃんが今後捕獲した霊をどうするかについても、今回の件が終わってから一緒に考えるからさ」

「……わかった」

慰められた感が居たたまれなかったが、頷くと、翠は満足げに頷き返す。

同時に、カーナビから、目的地が近いというアナウンスが流れた。

いよいよかと、一華は込み上げた緊張を深呼吸で抑える。

今は面倒なことを一旦忘れ、少女の霊に全力で向き合おうと、気合を入れ直した。


翠が車を停めたのは、ずいぶん敷地の広い日本家屋の前。

車から降りた途端、一華はふと、記憶に新しい気配を感じた。

「翠……、ここで合ってるっぽい」

込み上げるままに呟くと、翠は頷き、早速敷地に足を踏み入れる。

一華はその後を追い、ひとまず敷地内をぐるりと見回した。

縦に長い敷地には奥に向かって建物がずらりと立ち並び、手前から、シャッターが半分開いたままの農具用倉庫、そして母屋らしき平屋、さらに一番奥には、おそらく納屋だと思われるシンプルな小屋が見える。

「建物の配置も聞いてた通りだね」

翠も確信を強めたのか、建物ひとつひとつの外観をゆっくりと確認した後、納屋の方へ足を進めた。

その足取りにはまったく遠慮がなく、一華は思わず翠の服の裾を引く。

「……ねえ、今さらだけど、これって不法侵入よね……？」

正直、薄々そうなる覚悟はしていた。

しかし、翠は少し考え、曖昧に首をかしげる。

「言ってしまえばそうなんだけど、協力者がいろいろ手配してくれてるから、最悪なパターンは免れると思うよ」

「手配？」

「役所が開き次第、この土地の所有者——つまり美久さんの両親のことだけど、それを確認して連絡して、この辺りの開発を企画してる不動産業者っていう名目で、敷地内立ち入りの許可を取ってもらう手筈になってるんだ」

「つまり……、嘘ついて許可を取るってこと？　それはそれで犯罪じゃ……」

「急を要する今、ぶっちゃけ俺は合法的かどうかに拘《こだわ》ってないよ。近所の目があるから、通報されたときのための対策ってだけで。……って言っても、見た感じ近所に人の気配はまったく皆無だから、要らない心配だったかもね」

合法的かどうかに拘らないなどと平然と口にする翠を見ながら、一華はやれやれと肩をすくめる。

こうも開き直られると、逆に清々しさすらあった。

「……一応聞くけど、許可が取れなかった場合は？」

「そしたら連絡が来ることになってるけど、この時間で来てないってことは、大丈夫だったってことだよ。そもそも、持て余して十年以上放置してた家だよ？　不動産業者からの連絡なんて、むしろ歓迎されるんじゃない？」

「そういう問題じゃないと思うけど、まあ細かいことはいいわ……。それにしても、あんたの協力者ってなんでもやるのね」

「なかなかの忠犬っぷりでね。ほんと、助かってるよ。がめついけど」

「……忠犬、ねえ」

なんとなく気になる言い方だったけれど、そうこうしている間にも納屋の前に着き、一華はひとまず疑問を呑み込む。

途端に緊張が込み上げるけれど、翠はなんの躊躇《ちゅうちょ》もなく引き戸に手をかけ、重そうな戸を強引に開け放った。

「え？　鍵、開いてる……？」

「だろうとは思ってたけど、ラッキーだね」

「知ってたの？……どういうこと？」

「だって、最後にここに来たのって香澄さんたちでしょ？　怖い目に遭って逃げ帰ったっていう話だったし、律儀に鍵なんて閉めてる場合じゃなかっただろうなって」

「そんな曖昧な……。閉まってたらどうする気だったのよ」

「別に、開ける方法くらいいくらでもあるし」

「………」

聞くんじゃなかったと思いながら、一華はおそるおそる納屋の中に視線を向ける。

聞いていた通り、奥の方の屋根は一部崩れ、床には瓦礫が積もっていた。

「……あの子は、ここで亡くなったってことよね」

「記事通りなら、そうだね」

一華が思い出していたのは、不自然な方向に首が曲がった少女の霊の、痛ましい姿。

こうして事故現場を目の当たりにすると、怖さ以上にやりきれない気持ちが込み上げ、一華は思わず目を逸らした。

しかし、その瞬間に視界に入ったのは、棚に無造作に置かれた古いカセットデッキ。

ずいぶん大型で、上部には鍵盤式のスイッチが並んでおり、香澄から聞いた通りの特徴に、一華の心臓がドクンと跳ねた。

「翠、これ……！」

「お、早速あったね」

頷く翠の声も、わずかに緊張を帯びる。

ただ、今のところはとくに強い気配も霊障もなく、それが逆に奇妙だった。

「ねえ、なんか、静かすぎない……？」

尋ねると、翠も同じ考えなのか眉を顰め、カセットデッキの正面に立つ。――そのとき。

突如ガチャンと特徴的な音が響いたかと思うと、テープ挿入口の中のリールがぐるぐると回りはじめた。

同時に、スピーカーからはブツ、ブツ、と雑音が鳴りはじめる。

「なん……」

突然のことに混乱し、一華は慌てて一歩後退った。

一方、翠はまじまじとカセットデッキを観察しながら、首をかしげる。

「……これ、中身が入ってないんだけど」

「は……？」

「テープは俺らが持ってるわけだし、どう見ても空っぽなんだよ。……なのに、まるで古いテープを再生してるときのような雑音が鳴ってるから、変だなって」

翠が言う通り、スピーカーからは依然として、ブツブツと雑音が続いていた。

テープが空の場合、たとえ雑音であろうとスピーカーから音が聞こえるはずはなく、一華も違和感を覚える。

「だったら、別の場所から聞こえてるんじゃ……」

「いや、明らかにスピーカーから聞こ……あれ？」

「な、なによ」

「これさ、雑音っていうか――」

『――ねえ』

翠が疑問を口にしたのと、少女の声が響いたのは、ほぼ同時だった。

翠は咄嗟に後退し、一華の手を引いて壁際に庇う。そして。

「雑音じゃなくて、……あの子の声だ」

やや声に焦りを滲ませた翠の言葉に、一華の背筋がゾクッと冷えた。

やがて、どこからともなくじわじわと禍々しい気配が広がりはじめる。

「け、気配が、急に……」

「ずっと隠れてたんじゃない？　なにせ、かくれんぼだし」

「なにをのん気な……」

「いや、冗談を言ってるわけじゃなくて、多分だけど、始まったんだよ」

「は……？」

「だから、かくれ――」

『――もう　いい　かい』

翠の声に重なるようにして響いた声に、一華はビクッと肩を揺らす。

「始まってるって、かくれんぼのこと……？」

確認のために尋ねると、翠は頷く。

「図らずも気配を見つけちゃったから、今度はこっちが隠れる番ってことなんだろうけど、どうする？」

「どうするって……」

「付き合う？」

「……選択肢、あるの？」

「今なら俺もいるし、少々乱暴な手を使えば捕獲も可能だなと思ったから」

自分たちの身の安全を一番に考えるなら、それが最適だという考えが一瞬、過ったことは、否めなかった。

翠は捕獲こそできないが、本人が言うところの〝霊能力の高さとセンス〟により、一華よりも霊の気配を細かく散らすことができ、そうなれば一華の捕獲の確実性が上がる。

ただ、乱暴な手と言うからには簡単でないことは明らかであり、それ以前に、まるで人を試しているかのような聞き方がなんだか気に入らず、一華は首を横に振った。

「……なによ、今さら。だいたい、あの子はどうしてもかくれんぼがしたいんでしょ……？」

「まあね。さっきも言ったけど、付き合えば落ち着くだろうし、浮かばれるのも早いと思う」

「……結局、選ばせる気なんてないじゃない」

「そんなつもりじゃなくて。だって霊とのかくれんぼは——」

『もう、　いい、　かい』

翠が言い終える前に、さっきよりも明らかに苛立っている声が響いた。

一華はもう考えるのを止め、咄嗟に翠の腕を引いて納屋を飛び出す。

そして、ひとまず母屋の方へ向かったものの玄関が施錠されていたため、慌てて農具用倉庫まで走ってシャッターの隙間から中に駆け込み、鉄が剝き出しの柱の裏に身を隠した。——そして。

「もう……、いい——」

これ以上少女の霊を苛立たせないようにと、お馴染みの文言を口にしようとした、そのとき。

突如、翠が一華の口を塞いだ。

「っ……！」

息ができず、必死の抵抗によりなんとか手を剝がしたものの、肩で呼吸をする一華を前に、翠はうんざりした様子で溜め息をつく。

「ちょっと……！　どういうつも……」

「まさか、これで隠れたつもりじゃないよね？」

抗議する隙も与えられないまま、想像の斜め上の言葉をかけられた一華は、思わずポカンと翠を見上げた。

「……なに、言ってんの？」

わけがわからず尋ね返すと、翠はもどかしげに眉間に皺を寄せる。

「こんなところ、すぐ見つかっちゃうじゃん」

「……だから？」

「本気でかくれんぼする気ある？」

「ふ、ふざけてんの……？　こんなときに、どこに拘ってんのよ！」

「だって、これじゃ相手を舐めすぎだし」

「なにも、本気でやる必要ないでしょ……！」

「あるよ。霊とのゲームは、平たく言えば呪いなんだから」

「なにが呪……、――は？」

完全に、寝耳に水の発言だった。

呪いという物騒な言葉が、一華の荒ぶった感情をスッと鎮める。

そんな中、翠はシャッターの隙間から納屋の方を注意深く確認し、それからふたたび一華と目を合わせた。

「霊とやるゲームはただの遊びじゃないよ。勝敗を決めることで、ある種の契約のような意味を持っちゃうから」

「け、契約……？　式神みたいな……？」

「そういう平和な交渉を経たものとはわけが違って、しっかり勝敗が決まるぶん、互いの関係にも優劣が出ちゃうんだよ。つまり、負ければ向こうの言いなりになる可能性もあるし、最悪、魂が欲しいって言われたりとか……」

「……断れないの？」

「こっちの意思は無関係だよ。だから、呪いだって言ったんだ」

「全然、聞いてないんだけど……」

「やけに気合いが入ってたから、てっきりわかってるものかと」

「わかってないし、そもそも強引に捕まえるか付き合うかの選択肢しかなかったじゃない！　っていうか、納屋に入った時点で勝手に始まってたし！」

「まあ、そうなんだけどね。でも、こうなったからには勝たないと。あと、手抜きして付き合おうものなら、また癇癪起こしかねないから気をつけて。子供は敏感だから下手な誤魔化しなんて利かないし、こんな場所じゃ隠れたなんて言えないよ」

「…………」

怖ろしい事実を容赦なく突きつけられ、一華は動揺を隠しきれなかった。

ふと頭を過ったのは、ここまでの道中に翠と交わした会話。

今思えば、かくれんぼに付き合うだけなら簡単だと言った一華に対し、翠は微妙な表情をしていた。

あれはこういう意味だったのかと、一華は今さら理解し眩暈を覚える。

ただ、もはや引き返すことができない以上、覚悟を決めるまでにそう長い時間はかからなかった。

「……とにかく、怒らせない程度に真面目にやって、勝てばいいのね」

「そういうこと」

「でも、かくれんぼの勝敗ってどうやったらつくの？」

「うーん。どっちかが降参するまで、とか？」

「こっちは降参できないんだから、下手すれば永遠に続くじゃない」

「まあ、勝敗が決まるまで付き合わなくても、やってるうちにあの子の気持ちも徐々に晴れるだろうから、その頃合いを見て捕獲すればいいんじゃないかな」

「……命がかかってる割に、適当すぎない？」

「感覚で大丈夫だよ。どうせなら、難なく浮かばれる程度に落ち着かせてあげたいでしよ？」

「………」

見透かされているような言い方は不満だが、当たっているだけになにも言い返せず、一華は口を噤む。

ひとたび冷静になって考えてみれば、これまで霊をひたすら憎み、関わらずに生きていくことをなにより望んでいた自分が、苦労を買ってまで霊の感情を優先する日が来るなんてと、信じ難い気持ちだった。

ただ、翠と協力関係になって以来、数々の哀しい霊たちの存在を知ることで考え方に変化があったことは、もはや認めざるを得ない。

しかし、自分の根底の部分が少しずつ崩れていくことに対する恐怖も、少なからずあった。

「……今回は、子供だから」

「うん？」

「子供だから、仕方なく。……っていうか、別の隠れ場所を探すから来て」

「え、あ、……うん」

一華は自分に言い訳するようにそう言い捨て、翠の腕を摑んでふたたび母屋へ向かう。

本気で隠れるならば、もう母屋以外にないと考えたからだ。

玄関は閉まっているため、どこか入れそうな場所を探そうと、一華は母屋の裏に回る。

すると、一部ガラスが割れた小窓が目に留まった。

一華はその隙間から手を入れて内側から解錠し、窓を開ける。

いよいよ本格的に不法侵入の様相を呈し、もちろん抵抗はあったけれど、今さら後戻りはできなかった。

窓を抜けた先はどうやら台所のようで、侵入するやいなやカビの饐《す》えた臭いが漂い、一華は咄嗟に袖で顔を覆う。

中は酷い傷みようで、香澄から聞いていた通り、天井のいたるところが湿気で撓《たわ》んでいた。

「一華ちゃん、注意して歩いてね。床もかなりやばいから」

「……わかってる」

翠が言った通り、床板も腐りかけている箇所が多く、一華は足先で感触を確かめながら慎重に先へと進む。

なんとか台所を抜けると、今度は居間らしき部屋に差し掛かった。

もちろん居間も傷んではいるが、大きな窓のある廊下に面しているお陰か台所程ではなく、一華は少し歩調を速めて廊下へ向かい、さらに廊下が続く右側を確認する。

そこから確認できたのは、廊下に面した二部屋ぶんの障子戸と、突き当たりの木製の引き戸。

「……あの引き戸が、香澄さんから聞いた納戸の入口かも」

香澄の話を思い出しながらそう言うと、翠も頷いてみせた。

「骨董品目当てに入ったものの、なにも残ってなかったっていう納戸でしょ？」

「そう。それでガッカリして、納屋に向かったとか……」

「もしかしたら、とっくに盗難に入られてたんじゃない？　この周囲には誰も住んでなさそうだし、実際こうして簡単に侵入できちゃってるわけだし」

「あり得るかも。かなり大きな家だから、狙われそう」

正直、骨董品の行方など一華たちにとってはどうでもいいことだが、霊とのかくれんぼに加えて倒壊の不安まである極限の状況の中、無意味な会話は張り詰めた緊張を緩めてくれ、内心ありがたかった。

一華たちは引き続き会話を続けながら廊下を奥へと進み、納戸の引き戸を開ける。

途端にひときわ強いカビの臭いが舞ったけれど、台所を通ってきたせいか、感覚がすでに麻痺していた。

一華は携帯のライトを点け、中を照らす。

すると、二畳程度の納戸は聞いていた通りガランとしていて、左右の棚には埃が厚く積もっていた。

「ねえ、ここなら二人隠れられそうじゃない……？」

尋ねると、翠は少し考えた後、曖昧に首を捻る。

「いいとは思うんだけど」

「だけど？」

「ただ、いざというときの逃げ場がないよね」

「…………」

〝いざというとき〟という言葉が、わずかに緩んでいた恐怖心を一気に煽った。

通常のかくれんぼなら見つかっても鬼が交代するだけだが、なにせ、今回の相手は強力な霊。なにが起こっても不思議ではなく、翠の懸念を無視できなかった。

「確かに、ここだと追い詰められたら終わる……」

言いながら、翠の家で視えた少女の霊の姿を思い出し、背筋がゾッと冷える。

一華は納戸を除外し、廊下を戻りながら、ふと、和室に続く障子戸の前で足を止めた。

少し開いた障子から覗き込むと、中は二間続きの和室で、左手の壁面には空の仏壇と床の間、奥には天袋付きの押し入れが確認できる。

床の間の壁には掛け軸の形の日焼け跡がくっきり残っており、「とっくに盗難に入られてた」というさっきの翠の推測が、より現実味を帯びた。

ただ、それよりも一華が気になっていたのは、奥の押し入れ。押し入れならば左右両側が開くため、少なくとも納戸よりは逃げようがあると。

一華は和室に入り、押し入れの襖《ふすま》をそっと開ける。

中は、衣装ケースがいくつか仕舞われていたものの、出しさえすれば、二人が隠れられそうなスペースは十分にあった。

「……決めた。ここに隠れる」

一華はいよいよ覚悟を決め、翠にそう伝える。

翠はすぐに頷き返したものの、ほんのわずかに眉を顰めた。

「なに、その顔。心配ごとがあるなら先に言って」

隠しごとはもう御免だと、一華は翠の目をまっすぐに見つめる。

しかし、翠は苦笑いを浮かべ、首を横に振った。

「いや、そうじゃなくて、決まってよかったなって。……単純に、もう迷ってる暇がなさそうだからさ」

「なにそれ。どういう意……」

『――も、　　もうい、い　　いい　　』

一華が言い終える前に響いたのは、もはや待ちきれないとばかりにもどかしさを滲ませた、少女の霊の声。

一華は慌てて衣装ケースを引っ張り出すと、翠の腕を引いて押し入れの下段に入り、勢いよく襖を閉めた。

中は湿気でじっとりとし、最悪な居心地だったけれど、もはや文句を言っている余裕はなく、一華は息を潜める。

同時に、押し入れの中の気温がみるみる下がりはじめ、急激な温度変化のせいか木の軋む音が辺りに大きく響き渡った。

そんな中、翠はいたって冷静に、携帯のライトを灯す。

「急激に霊障が起きたところを見ると、ついに俺らを探しはじめたっぽいね」

「でも、おかしくない？　普通はこっちが〝もういいよ〟って言ってからじゃないの……？」

「そのルールは無視するみたいだね。他にもいろいろ都合よく変えてそう」

「そんなの、ゲームとして成立しないじゃない……」

「子供って、独自のルールをどんどん増やしていくものじゃん。柔軟性があって、俺は好きだよ」

「そんな悠長《ゆうちょう》なこと言ってる場合……？」

翠を責めても仕方がないとわかってはいるものの、押し入れの中の気温は今もなお下がり続けていて、声でも出していないと凍えてしまいそうだった。

思わず、一華は両手で体を摩る。――しかし。

ギシ、――と、突如どこからともなく床が軋む音が響き、反射的に動きを止めた。

「ねえ、……今のってまさか、足音……」

「……だね。早くも近寄ってきてるみたい」

翠の声が、わずかに緊張を帯びる。

その音はギシ、ギシ、と、繰り返し響きながら、確実に一華たちに迫っていた。

「なんだか、迷いなくこっちに向かってない……？」

「確かに。もしかするとこの押し入れって、この家でかくれんぼするときの定番の隠れ場所だったのかも」

「そんな、のん気な……」

翠の推測に、一華は酷い眩暈を覚えた。

かたや、翠はあくまで冷静に襖のかすかな裂け目を広げ、そこから部屋の様子を窺う。

一華も居ても立ってもいられず、他の裂け目を探して同じように覗き込んだ。

今のところ目に見える範囲に異変はないものの、和室の空気の異様さが、襖越しに嫌という程伝わってくる。

一華は、ギシ、と等間隔で鳴り続ける足音に恐怖を煽られながらも、固唾を呑んで廊下の方に集中した。

狭く暗い場所で霊から身を隠す怖ろしさは耐え難く、心臓はドクドクと鼓動を速め、呼吸はみるみる浅くなっていく。

そんなとき、翠がさりげなく一華の手を取り、ぎゅっと握った。

翠が霊の姿を視るためにはこれが必須であり、普段なら文句のひとつでも言うのが定番の流れだが、今ばかりは、この謎の法則があって良かったと一華は心底思う。

ひたすら冷え続ける空気の中で翠の手だけは温かく、一華はなかば無意識的に、繋がった手に力を込めた。――そのとき。

ガタン、と突如大きな揺れが起こり、窓ガラスがビリビリと音を立てる。

それと同時に、廊下の左側で、なにやらゆらりと動くものが見えた。

「……来た、かも」

震える声で呟くと、翠は頷き眉を顰める。

「気配も一気に変わったね。……やけに高揚してる感じ」

「高揚……？」

「そろそろ見つけられそうだと思って、はしゃいでるんじゃない？」

「…………」

そんな不気味な予想なら聞くんじゃなかったと、一華は密かに後悔する。

そんな中、廊下の端に見えていたなにかがゆらりと動き、ついにその正体を露わにした。

「あれは、腕かな……」

翠の呟きの通り、廊下の端からゆらりと伸びてきたのは、細く青白い腕。

その後間もなく、廊下の下方から、床を這うようにして動く少女の姿が現れた。

折れた首を真横に向けたまま、両手で床を手繰り寄せるようにしてじりじりと前へ向かう姿に、一華は思わず息を呑む。

よく見れば片足も引きずっており、上手く動けないのか、手足の関節を大きく震わせていた。

「あの子……、ボロボロじゃない……」

翠も小さく頷く。

「さっきのは転倒した音だったのかも。事故死の場合、体の損傷は死んだ瞬間のまま留まっちゃうから」

「あの姿で、ずっと今まで……？」

「あの子だけじゃなく、どの霊も一緒だよ」

「……可哀想」

ふいに口を衝《つ》いて出た言葉に、一華自身が一番驚いていた。

恐怖の方が何倍も上回っているはずのこの状況で、真っ先に同情が浮かぶなんて、経験したことがなかったからだ。

すると、翠が堪えられないとばかりに小さく笑う。

「……なによ、こんなときに」

「霊にずいぶん優しくなったなぁと思って」

「あんな姿を見たら、誰だってそう思うでしょ」

「いや、普通は気絶するか、パニック起こして逃げるかだね」

「……言っておくけど、霊と関わりたくないっていう気持ちに変わりはないから」

「はいはい」

「……いいから、集中して」

文句を言いながらも、緊張感のない会話のお陰でわずかに恐怖が緩んだことは、この局面においてなにより幸いだった。

一華はふたたび廊下に視線を戻し、少し冷静になった頭で、少女の霊が接近したときの自分たちの動きをシミュレーションする。

どんなに痛ましい姿であっても危険な存在であることに変わりはないため、一華が重要だと考えていたのは、たとえ見つかっても一定の距離を保つこと。

霊とかくれんぼをした経験などないが、とにかく、捕まってしまったら終わりだという確信だけは明確にあった。

「襖にギリギリまで迫ってきたところで逆側の襖から出れば、捕まらずに済むでしょ念のために確認すると、翠は小さく頷く。

「だね。で、ルール上は、そこで鬼が交代になるはず」

「交代……。この恐怖を何度繰り返すんだろう」

「まあまあ、一回で落ち着いてくれるかもしれないし」

翠は簡単に言うが、辺りに漂うあまりに濃密な気配からして、一華はそこまで楽観的にはなれなかった。

とはいえ、もはや文句を言ってどうにかなる段階ではなく、一華は引き続き廊下に注目する。

すると、少女の霊は和室の正面で突如動きを止め、ぐるりと眼球を動かした。

おそらく、一華たちの気配を探っているのだろう。

この時点で、一華たちとの距離は、わずか三メートル程。

覚悟していたとはいえ、いよいよこのときが来てしまったと、一華の全身に震えが走る。

――しかし。

少女の霊はしばらく動きを止めた後、和室には入って来ず、ふたたび廊下を奥へ向かって進みはじめた。

驚く一華を他所に、翠は険しい表情を浮かべる。

「先にさっきの納戸に向かったっぽいね」

「誰もいないのに……？」

「多分だけど、こっちは式神をたくさん連れてるから、気配がごちゃついて、特定し辛いんじゃないかな」

「そんなことあるんだ……」

「あと、中には異様に気が利く式神もいるから、わざわざ別の場所に散ってくれてる可能性もある」

「まさか、私たちの気配をわかり辛くするために？」

「そういうこと。実際、タマや田中さんの姿をしばらく見てないでしょ？」

言われてみれば、いつもは必ず一華の傍にいるタマの姿がどこにも見当たらなかった。

式神とはこうも機転を利かせてくれるものなのかと、一華は感心する。

かたや、翠の表情は相変わらず険しく、途端に嫌な予感がした。

「ねえ、どうして翠がそんなに不安げなの？　式神が協力的で助かったって話じゃないの……？」

気になって尋ねると、翠は曖昧に頷く。

「普通は喜ぶべきところだよ。しかもあの田中さんが動くなんて、もはや奇跡だし。……ただ、今日に関してはちょっと」

「今日に関しては？　どういう意味？」

「いや……、かくれんぼって、鬼からすると、あまりに巧く隠れられたらつまんないじゃん。あんなに楽しみにしてたのに、全然見つけられないってなったら、下手すればまた癇癪を――」

翠が言い終えないうちに、突如、ドンという大きな音が響き、建物が大きく揺れた。

少し前の振動とは比較にならない衝撃に、一華はバランスを崩して押し入れの壁に思いきり体をぶつける。

激しい痛みが走るがそれどころではなく、一華は慌てて体勢を立て直し、ふたたび襖の隙間から様子を窺った――瞬間。

廊下の右側から大きなものが勢いよく飛んできたかと思うと、凄まじい音を立てながら和室と廊下の境に落下し、二間ぶんの障子を一気に薙《な》ぎ倒した。

「っ……」

思わず悲鳴を上げそうになり、一華は咄嗟に手で口を覆う。

いったいなにごとかと、埃が舞う和室にふたたび目を凝らすと、見覚えのある木製の戸が柱に突き刺さるようにして倒れていた。

「翠……、あれって……」

「多分、納戸の引き戸だね」

「……つまり」

「相当イライラしてるみたい」

「…………」

淡々と返された最悪な答えに、サッと血の気が引いた。

上手く思考が働かない中、次第に込み上げてきたのは、ごくシンプルな不安だった。

「これ、ただのかくれんぼで済むの……？」

「あれだけ怒ってたら、もう無理かも」

「無理って、どういう……」

「今捕まったら、さすがにやばそうだなって。……とはいえ、捕まらなかったら捕まなかったで、もっと怒りだしそう」

「どうしようもないじゃない……」

「そうなんだけど、でも怒りってそんなに長続きしないものだから、とりあえず少し様子を見よう」

翠はそう言うが、たった今信じ難い程の力を見せつけられた以上、のん気に様子を見ている心境にはなれなかった。

あの調子でもう一度暴れられようものなら、今度は建物ごと潰されかねない。

押し入れなら逃げられるだろうという一華が立てた見通しもなんだかぬるく思えてき

て、体が大きく震えた。

かたや、翠はむしろ感心しているように目を輝かせる。

「……にしても、怒りのパワーって凄いよね。あの痛ましい体で、大きな戸をぶっ飛ばすなんて」

「そんなこと言ってる場合……？」

「正直式神に欲しいけど、さすがに幼い子の霊は扱いが大変そうだしなぁ……」

「……やめて」

一華を不安にさせないための軽口だと、もちろんわかっていた。

ただ、翠がこの局面でこうも落ち着いていられる理由を考えると、途端に腹が立って仕方がなかった。

「……しつこいようだけど、あれを使ったら許さないからね」

「あれ？」

「あんたは奥の手くらいに軽く考えてるんだろうけど、……約束は、絶対に守ってもらう」

「奥の手、ねえ」

「この期に及んでシラを切る気？」

「いや、奥の手は奥の手でも——」

和室の空気が一気に張り詰めたのは、翠がなにかを言いかけた瞬間のこと。

たちまち嫌な予感に駆られた一華は、一旦会話を止めて押し入れの外の様子を窺う。

すると、視界に入ったのは、廊下の右手奥から、真っ黒に澱んだ空気がじわじわと和室へ流れ込んでくる様子。

「戻って、来た……」

呟くと同時に、襖の隙間から氷のように冷たい空気が吹き込み、あっという間に体の感覚が麻痺した。——そのとき。

視界の端でなにかがゆらりと揺れたかと思うと、たちまち鋭い視線に射貫かれ、一華は硬直した。

一華の目に映っていたのは、首だけを出して和室を覗き込む、少女の霊の姿。

さっき見たときはぐるぐると動いていた真っ黒の眼球はぴたりと止まっており、それを見た瞬間、どうやら目が合ってしまったらしいと察した。

「やばい……、見つかっ……」

一気に込み上げる絶望に呑まれ、一華の頭の中は真っ白になる。

翠もまた、少女の霊の姿を確認するやいなや、表情に緊張を滲ませた。——けれど。

「……思い返すと、一華ちゃんって小さい頃から、俺のことをめちゃくちゃ心配してくれるんだよね」

唐突に語り出したのは、なんの脈絡もない雑談。

そんな場合ではないと思いながらも、そのときの一華には、抗議する余裕すらなかった。

翠はさらに言葉を続ける。

「相手が誰であろうと、いつも俺を庇うんだよ。ま、どうせそれも全然覚えてないんだろうけど」

「こんな、ときに……、なに言っ……」

なんとか声を絞り出しながらも、一華は密かに、翠の「誰であろうと」という言い方に小さな違和感を覚えていた。

霊を指す表現としては、少し変ではないだろうかと。

一方、少女の霊はぐしゃっと畳に崩れ落ち、ふたたび這うようにして押し入れへと迫りはじめる。

「……に、逃げ、ないと」

「ほんと、怖いくらい変わらないんだよなぁ。やたら心配性で、何度大丈夫だって言っても全然信じないんだ。そのくせ、自分のことは二の次で」

「あんたまだ言っ……、聞いてる……？」

「うん」

「うん、じゃなくて……！　さっきからなに語ってんの？　ずいぶん落ち着き払ってるみたいだけど、まさか別れの挨拶じゃないでしょうね……！」

「まさか。ってか、さっきも言ったけど、俺には奥の手が――」

「だから！　それは使わせないって言ってるじゃない……！　馬鹿なの？　いい加減理解してよ……！」

「いや違……っていうか、そんな大きな声出したら……」

スパン、と激しい音とともに襖が開いたのは、その瞬間のこと。

気付けば大声を出してしまっていたと、一華の顔からサッと血の気が引いた。

おそるおそる視線を向けると、押し入れの正面には少女の霊の姿があり、真横に曲がった首をガタガタと震わせながら、中を覗き込んでいる。

『み　つケ　』

「っ……」

わかってはいたけれど、とても鬼を交代するだけで満足してくれるような雰囲気ではなかった。

伝わってくるのは、ほんのわずかな高揚と、それをはるかに凌駕する苛立ち。

終わった――と。そう思った途端、一華はなかば無意識に翠を自分の背後に押しやっていた。

「か、かくれんぼの相手は、私でしょ……？」

語りかけると、深い闇が渦巻く真っ黒の瞳がぐるりと動き、一華を捉える。

そこにはなんの光も宿っておらず、意思疎通が叶いそうな希望は到底持てなかった。

むしろ、自ら始めたゲームで苛立ち、好きにルールを変えた上に癇癪を起こすくらいだから、通じたとしてもなにも受け入れてはもらえないだろうと。

それでも、もとは自分の不手際で始まったこの案件に、翠まで巻き添えにするのは避けたく、一華は自分に注意を向けさせるため、さらに言葉を続ける。

「ど、どうすれば、いい……？　鬼、替わる……？　それとも、もう、終わりにする……？」

選択肢を並べると、少女はまるで珍しい生き物でも見付けたかのように目を見開き、一華にぐっと迫る。

やがて、青白い顔が目と鼻の先まで接近したところで、一華は後ろ手に翠を思いきり突き放した。

上手く逃げてほしいというこの思いが通じるよう、願いながら。――しかし。

翠は逃げるどころか、その手を躱《かわ》して後ろから一華を引き寄せ、自分の両腕の中にすっぽりと収めた。

「ちょっ……、あんた、なにして……」

翠は一華の肩に顎を預け、大袈裟に溜め息をついた。

「あーあ、……やっぱりそういう発想になるのか」

「は……？　こ、このままじゃ、二人とも……」

「一応聞くけど、俺が一人で逃げると思う？」

「………」

改めて考えてみれば、確かに、どんな状況であろうと翠が一華を置いて逃げる姿なんて、まったく想像できなかった。

ただ、逆に、そうしなかった場合の絶望的な結末は、容易に想像がついた。

「だ、だって……、もう、そんなこと言ってる場合じゃ……！」

相変わらず少女の霊の目に射貫かれながらも、一華は翠を後ろに押し戻す。

しかし、翠は一華に回した両腕にさらに力を込め、二度目の溜め息をついた。

「だとしても、一華ちゃんを犠牲にするわけないよ。俺が絶対に守るって言ったの忘れた……？　俺にはまだまだ君とやらなきゃいけないことも、――あと、返しきれない恩もあるのに」

「は……？　恩……？」

「ともかく、自分が囮《おとり》になるとか、犠牲になるみたいな発想はやめて。最悪なときは、なにがあっても俺がなんとかするから。約束を破ってでも」

翠がサラリと付け加えた最後の言葉で、一華の心臓がドクンと揺れる。

途端に全身から血の気がサッと引き、限界まで込み上げていたはずの恐怖もたちまち曖昧になった。

「……駄目よ、それだけは」

ぴたりと震えが止まり、一番驚いていたのは一華自身だった。

ほとんど記憶にない幼馴染のことで、こうも心をかき乱されてしまう自分が、奇妙に思えてならなかった。

それでも、一華は衝動のままに自分に回された翠の手を握り、その動きを制する。

「……絶対に、駄目」

強い口調で繰り返すと、翠は一華の肩に顔を埋め、この緊迫した空気にそぐわない、どこか嬉しそうな笑い声を零した。

一方、少女の霊は依然として怒りを緩めることなく、震える手をゆっくりと一華に向けて伸ばしはじめる。

指先が頬に触れ、あまりの冷たさに肩がビクッと震えた。

「あのさ、一華ちゃん」

「……す、隙をついて、逃げ、ないと」

「いや、……もう逃げるのはどう考えても無理だから、一旦少し下がって」

「嫌……。奥の手は使わせないって、さっきから、何度も……」

「奥の手……？　あ、いや、それは違って、そろそろ――」

「もう、うるさいから、黙って。……本当に、あんたはいつも……」

最後まで言い終えないうちに、少女の霊の手が一華の喉にかかり、声が途切れた。

散々強気なことを言ったものの、死を予感するやいなや、抑えていた恐怖心が一気に膨れ上がる。

呼吸がままならず、混乱の最中、聞こえてくるのは自分の心臓の音のみ。

それでも一華は頑として翠の手を離さず、次第に遠退《とおの》く意識に必死に抗っていた、――そのとき。

「――一華！」

突如バタバタと騒々しい音が近付いてきたかと思うと、辺りに大きく響いたのは、やけに聞き覚えのある声。

閉じかけていた目を開くと、視界に入ったのは、和室に立ちはだかる嶺人の姿だった。

「れ……」

これは幻かと、しかし死ぬ間際に見る幻が嶺人とはどういう了見かと、一華は呆然とその姿を見つめる。

一方、嶺人は一華に向かって大丈夫だと言わんばかりにゆっくりと頷き、それから少女の霊に厳しい視線を向けた。

「まだ子供か。……しかし、一華にそれ以上触れることは許さん」

嶺人はそう言うと、いたって冷静に袖から数珠を取り出し、ブツブツとなにかを唱える。

記憶に濃く染みついているその光景を目にした一華は、どうやらこれは幻ではないらしいと、ようやく察していた。

そんな中、少女の霊はずっと無表情だった顔を苦しげに歪ませ、やがて体を大きく仰け反らせながら奇声を上げはじめる。

そのおぞましい光景はずいぶん長く続き、しかし間もなく力尽きたかのようにガクンと項垂《うなだ》れて霧状に散り、嶺人が取り出したお札の中へと吸い込まれていった。

一瞬で部屋はしんと静まり返ったものの、一華はなかなか混乱から抜けられず、ただ放心する。

一方、翠は一華の肩越しに小さく笑った。

「ちなみに、……あれが奥の手」

「は……？」

「今回の奥の手は、こっちじゃなくて、あっち。やっぱ、現役の坊主はこういうとき強いよね」

「………」

聞いてもなお、一華には理解ができなかった。

そんな中、嶺人は少女の霊を宿したお札と数珠を袖に仕舞い、一華の前に膝をついて手を差し出す。

「一華、怖かっただろう。さあ、こっちへ」

「………」

「おいで。ここは危ない」

「……なんで嶺人が、ここに……」

「……それは」

込み上げるまま口にした問いに、嶺人は大きく瞳を揺らした。

無性に嫌な予感がし、一華は黙って答えを待つ。――すると。

「……また、君の気配を、追ってしまった。……ここ最近の君がずっと共にしている、とてつもなく禍々しい気配のことがあまりに気がかりで、……しかも、今日は平日だというのに、やけに遠くへ行くものだから」

嶺人はずいぶん言い辛そうに、そう白状した。

「とてつもなく、禍々しい、気配……」

それが珠姫を指していることは、今さら確認するまでもない。

その瞬間に脳裏を過ったのは、珠姫との契約の帰り道、かなり距離が離れていたにも拘らず、怨霊の気配に気付いて連絡をしてきた嶺人の鋭さ。

ただ、その気配は実は仮契約中の式神なのだとはとても言えず、とはいえ上手い誤魔化し方も思い付かず、一華の頭は真っ白になった。

しかし、嶺人は一華の予想に反してそれ以上追及してくることなく、むしろ申し訳なさそうに肩を落とす。

「れ、嶺人……？」

逆に気味が悪く、不安に堪えきれずに名前を呼ぶと、嶺人は弱々しく頷いてみせた。

「……君から、私がやっていることはただの束縛だと言われ、もう止めようと何度も思ったんだけれど……、やはり、どうしても放っておくことができず……」

「わ、私の言葉を、気にしてたってこと……？　嶺人が……？」

「もちろんだ。あれ以来、君の気配が弱ることはなかったから、怨霊については危険のない帯同の方法を取っているのだろうと、私なりにいろいろ想像し、納得しようとした。君が連れていた、獣の霊のように。……しかし、今回はあまりにも、……あまりにも」

「…………」

確かに、〝あまりにも〟だろうと、変に共感している自分がいた。

怨霊とは、嶺人はもちろん霊能師を名乗る者なら到底容認できない怖ろしい存在であり、さぞかし落ち着かない日々を送っていたことだろうと。

そうであるにも拘らず、一華の言葉を気にして葛藤していたという嶺人の申し訳なさそうな姿を見ると、一華の中にふと、これまで一度も抱いたことのなかった感情が芽生えた。

「いや、その……、私も、少し言いすぎたと、いうか……」

躊躇いがちにそう言うと、嶺人はパッと顔を上げ、誠意という圧をこれ以上ないくらい滲ませた視線で一華を射貫く。

だからこれがしんどいのだと怯みながらも、一華はさらに言葉を続けた。

「今回は、嶺人が焦っても仕方がないと思ってるよ……。でも、さっき言ってた通り、怨霊のことは心配いらなくて……」

「……そうか」

「そ、そうなの。……なんていうか……、ちょっと預かってるだけと、いうか」

まったく説明になっていないとわかっていながら、一華は強引に誤魔化す。

嶺人は、納得がいかないという本音をしっかりと顔に出しつつ、我慢しているのか、ゆっくりと頷いてみせた。

「……なるほど」

どうやら奇跡的に説得が叶ったようだと、一華はひとまずほっと息をつく。――しかし。

「そ、そう。だから、大丈……」

「わかった。――だが」

嶺人は突如声色を変えたかと思うと、一華の背後に視線を移し、いきなり翠の襟首を摑んだ。

「……貴様だけは、許せん」

嶺人が怒りの滾《たぎ》る声でそう言い放った瞬間、辺りの空気が一気に張り詰め、あまりの迫力に一華は言葉を失う。

かたや、翠はいたっていつもと変わらない様子で、どこか不真面目な笑みを浮かべた。

「なんで俺……？　今日に関しては、どっちかって言うと一華ちゃんの付き添いで来たのに」

「そんなことは聞いていない。そもそも、一華の怨霊は貴様の仕業だろう」

「怨霊じゃなくて、珠姫っていう名前があるんだよ。だいたい、こうでもしていないと一般人にどれだけの犠牲者が出てたことか」

「詭弁《きべん》はやめろ。お前の目的はなんだ。一華と関わり、なにを企んでる」

「別に、企んでなんて」

「見え透いた嘘をつくな」

いくら問い詰めても要領を得ない翠に苛立ったのだろう、嶺人の声は震えていた。

もはや割って入れる空気ではなく、一華は固唾を呑んで二人の様子を見守る。

すると、しばらくの沈黙の後、翠は嶺人の手を面倒臭そうに振り解きながら、この空気にそぐわないわざとらしい溜め息をついた。

「……わかった。じゃあ、一華ちゃんに珠姫を預けるのはやめる」

「え……？」

思わず声を出したのは、一華。

なぜなら、ついこの間、珠姫を落ち着かせるためには一華が預かるのが最適であるという問答をしたばかりだからだ。

「ま、待って……、私が預かるのが一番いいってあんなに……」

慌てて言葉を挟むと、翠はなおもわざとらしい仕草で何度も頷いてみせた。

「そうなんだ。ベストだったんだよ、俺の貞操を守るっていう意味でも」

「……それに関しては、珠姫からタイプじゃないってはっきり言わ……」

「ともかく！　一華ちゃんに預けるのが不満ってことなら、――代わりに、嶺人くんが預かってよ」

途端に、部屋がしんと静まり返った。

それも無理はなく、翠が軽々しく言った言葉には、嶺人すらも一瞬黙らせるくらいのインパクトがあった。

「なん、だと……？」

当然の反応というべきか、嶺人は額にくっきりと血管を浮き上がらせ、翠への怒りを露わにする。

一方、翠は一華のポケットから珠姫の依代を抜き取り、躊躇いもなく嶺人の目の前に掲げた。

「はい、これが珠姫の依代。見ればだいたいわかると思うけど、祓うのは到底無理だから、しばらく式神にして浮かばれるまで癒してあげて」

「怨霊を式神にして癒せ、だと……？　ふざけるのも、大概に……」

「このレベルを癒すってなると、やっぱ現役の坊さんじゃなきゃ難しいからさ。で、万が一暴れ出したら手に追えないから、式神にするのが一番いいと思って」

「私に、貴様の言うことを聞く義理など……」

「でも、一華ちゃんのことが心配だって言うなら、それが一番良くない？」

「…………」

沈黙は、もはや答えも同然だった。

翠はその隙に嶺人の手を取り、なかば無理やり珠姫の依代を握らせる。――そして。

「これで、嶺人くんも実家に帰り辛くなったね。なにせ、寺の後継ぎが怨霊を式神にしてるなんて、バレたら終わりだし」

そう言うと、にやりと人の悪い笑みを浮かべた。

その瞬間に一華の頭を過ったのは、なにもかも翠の計画通りだったのではないかという直感。

思い返せば、翠がいきなり珠姫を式神にすると言い出したときから、違和感は多くあった。

たとえば、珠姫を捕獲すべく待機していたとき、翠が珠姫の好みでなかったらどうするのかという一華の疑問に対して翠が返した、「そこはしばらくの間我慢してもらって」という発言。

さらに、珠姫との式神契約を仮契約で留め、最高の契約条件を出しているからあとはそれを叶えるだけだと、意味深なことを口にしていた。

こうなってみて改めて考えれば、最高の契約条件とは、式神の契約主として、嶺人を紹介するということだったのではないだろうか、と一華は思う。

さらに翠の、珠姫は上品な男がタイプだという言葉が嶺人のことを指していたと考えると妙にしっくりきた。

翠がこうまでして嶺人に珠姫と契約させたがる意図として思い当たるのは「これで、嶺人くんも実家に帰り辛くなったね」という、先の台詞の通り。

つまり、弱みを握るためであり、考えられる理由は、ひとつしかなかった。

──「君はなんの心配もいらない。嘘じゃないから、信じて」

ふいに頭を過ったのは、嶺人の来襲により絶望に呑まれていた一華に翠が言ってくれた、やけに自信満々な言葉。

あのときは、なんの根拠もないのにという不安もあったけれど、翠の中ですでに一連の計画が浮かんでいたのではないかと思うと、余裕の態度にも納得がいった。

「翠……、あんた、いつから……」

答え合わせがしたくて、一華はなかば衝動的に翠の袖を引く。

しかし、翠は待ってと言いたげに一華の前に小さく手を掲げ、それから嶺人の手元を指差した。

「見てて。これから本契約だから」

「え……」

促されるまま視線を向けると、突如、嶺人が握った珠姫の依代が、ぼんやりと光りはじめる。

本当にいいのだろうか、家を捨てた自分と嶺人は違うのにと、一華としては戸惑いもあったけれど、当の嶺人にはとくに拒否する様子はなく、むしろ、静かに受け入れているように見えた。

「嶺人……？」

不安になって名前を呼ぶと、嶺人は小さく頷き、それから一華の頭をそっと撫でる。

「君のためになるなら、これくらい構わない。呪いだろうが、怨霊だろうが」

「………」

その穏やかな表情に、一華の胸がぎゅっと締め付けられた。

しかし、そんな思いに浸る間もなく、翠が小さく笑う。

「式神になったらもう仲間なんだから、そんなふうに言わないでよ。奥さんとか彼女くらいに思ってくれれば」

「……御託《ごたく》はやめろ。言っておくが、私を謀《たばか》った貴様のことは一生許さん。いつか必ず報いを受けさせるから覚えておけ」

「一生とか、怖」

一華なら震え上がりそうな嶺人の恨み言を、翠はサラリと流した。

やがて、依代の光が止むとともに、嶺人はゆっくりと深呼吸をする。

「この私が、……あろうことか怨霊と、しかも式神契約などというわけのわからないものを交わすことになるとは」

その声は珍しく少し弱気で、嶺人の本音が垣間見えた気がした。

生まれたときから寺の後継ぎとして高い意識を持ち、古来の教えに忠実で、寄り道ひとつせずまっすぐに突き進んできた嶺人にとっては、本来考えられない決断だったのだろう。

そんな屈辱的な思いまでして受け入れた理由は、一華のために他ならない。

一華にとって、嶺人から注がれる愛情はいつも一方的であり、おまけにことごとく的外れで迷惑でしかなかったけれど、このときばかりは嶺人の決断が素直に心に染みた。

「ごめん」

込み上げるように謝ると、嶺人はハッと我に返り、いつも通りの笑みを浮かべる。

「なに、この程度の怨霊ごとき、私ならば造作もなく癒せる。すぐに蓮月寺に恥じない身になるから心配はいらないよ」

決して〝この程度の怨霊〟でないことを知っているだけに、嶺人の強がりに胸が疼いた。

さすがに酷すぎる仕打ちだったのではないかと、次第に小さな後悔が込み上げてくる。

――しかし。

「いや、……待て。今日は前とは違う禍々しい気配を連れているな。……一華、その頭に隠しているのは何者だ」

嶺人は突如声色を変え、一華の頭に鋭い視線を向けた。

「え……？　あ、これは……」

髪の中に隠れている禍々しい気配とは、もちろん田中のこと。

珠姫との契約の件で、ある程度式神についての理解を得られた気になっていた一華は、改めて説明しようと田中に手を伸ばす。――瞬間、嶺人は田中を乱暴に摑み取り、即座に袖から数珠を出した。

「なんだ、この程度か。私が祓ってやる」

「ちょっ……！」

『　カ』

「か、返して……！」

「ずいぶん不気味な姿をした霊だ。さぞかし怖かったろう。今すぐに……」

「――はいはい、ストップ！」

一気に混沌《こんとん》とした場に割って入ったのは、翠。

翠は嶺人の手から田中を抜き取ると、即座に依代に収めた。

「……貴様は、どれだけ私の邪魔をする気だ」

嶺人は怒りを露わに、翠を睨みつける。しかし。

「……なんで、そんなにいつもいつも、人の話を聞かないの……」

一華は翠を押しのけて嶺人に迫り、たちまち膨れ上がった怒りをぶつけた。

嶺人は虚を突かれたように、ポカンと一華を見つめる。

さも理解ができないといったその表情が、一華の苛立ちをさらに煽った。

「さっきちょっとだけ見直したのに、……やっぱり、無理」

「一華……？」

「……嫌い」

言葉を選ぶ余裕すらなく、口を衝いて出たのは子供のような文句。

それでも嶺人はわかりやすく青ざめ、明らかにショックを受けているようだった。

微妙な空気が漂う中、ふと視線を動かすと、妙に楽しげにニヤニヤと笑う翠と目が合う。

途端に居たたまれなくなり、一華は勢いよく振り返った。

「翠」

「うん？」

「……帰る。もう用は済んだんだから」

「はいはい」

翠はなおも笑みを収めず、どこかふざけた口調で頷く。

一華はそれを無視して廊下に飛び出し、――ふいに、足を止めた。

振り返ると、和室では依然として硬直した嶺人が一点を見つめており、その背中には、そっと寄り添う珠姫の姿が見える。

長年嶺人を見てきた一華からすれば異常な光景だが、なんだかんだで、相性は悪くないように思えた。

ただ、一華が足を止めた理由は、無事に本契約を終えた珠姫とのことを心配したからではない。

「嶺人」

名を呼ぶと、嶺人は小さく肩を揺らした。

「一華……？」

「あの、……勝手は承知なんだけど」

「……どうした」

「さっきの子供の霊のこと、お願い……。とても可哀想な目に遭った子だから……」

嶺人が無下にするなんて思ってはいないが、原因を作った立場として改めてお願いすると、嶺人は少し驚いたように目を見開く。

しかし、すぐにほっとしたように目を細めた。

「一華から預かった霊たちは、少しずつだが、皆きちんと浮かばれているよ」

「……そう」

嶺人の言葉に安心しつつ、本当に身勝手な確認だという自覚があるぶん気まずく、一華は目を泳がせる。

すると、嶺人はさらに言葉を続けた。

「これからも、なにかを捕まえたときは私に任せなさい。……経緯も理由も、問わないから」

普段の嶺人からは考えられないまさかの申し出に、一華は戸惑う。

「え……、い、いいの……？　そんな、都合のいいこと……」

嶺人は迷いひとつ見せず、頷いてみせた。

「都合もなにも、浮かばれるはずの霊を放置するわけにはいかないからね」

「…………」

嶺人の正論に素直に心を打たれたのは、もしかすると初めてかもしれないと一華は思う。

しかし、気を許した瞬間に覆されるというパターンを何度も繰り返しているだけに、一華はあくまで素っ気なく、嶺人に背を向けた。

そして。

「……ありがとう」

聞こえているかどうかわからないお礼を残し、今度こそ、その場を後にした。

「――これからも霊を送っていいなんて、良かったじゃん。これで一華ちゃんが心配する必要はなくなったね」

母屋を出て車に向かいながら、翠はずいぶん軽い口調でそう言った。

確かに、捕獲した霊の今後の任せ先という頭の痛い悩みは、嶺人の申し出のお陰で綺麗に解消された。

それだけでなく、一華たちが悪戦苦闘していた少女の霊をあっさりと捕獲してくれた上、珠姫と式神契約を交わしたことで、一華を簡単に実家に連れ帰れないだけでなく、嶺人自身も自らの沽券《こけん》に関わるくらいの際どい状況に陥ってしまった。

まさに、目下の悩みは一気に解消され、すべて上手くいったと言っても過言ではない。

——のだが。

「……翠。どこからどこまでがあんたの計算なの」

こうなって改めて気になるのは、まさにその問いの通り。

珠姫のことはもちろん、ここ最近の心当たりを思い返すと、なにもかも——それこそ今日の嶺人の行動に至るまでのすべてが、翠の盤上での出来事のように思えてならなかった。

しかし、当の翠は曖昧に首をかしげる。

「いやいや、偶然偶然」

「そんなの、通用すると思う……？」

そうは言いながらも、どうせ翠がすべてを話すことはないだろうと、一華にはわかっていた。

つくづく食えない男だと、一華はこっそりと溜め息をつく。

そして、敷地を出て翠の車に向かおうとした、そのとき。ふと、道の真ん中に乱暴に停められた黒塗りのセンチュリーが目に留まった。

それは、実家で嶺人が専用車として使っているものだ。

久しぶりに見たセンチュリーの厳《いか》つさに圧倒される一華を他所に、翠はいたずらっぽい笑みを浮かべ、ナンバープレートを指差した。

「奈良ナンバーってことは、嶺人くんのだよね？　あの人、こっちに車まで運んだんだ？　長居する気満々じゃん」

「……確かに」

同意しながらも、一華が引っかかっていたのはそこではなかった。

驚いたのは、普段嶺人が自ら運転することなどほぼないのに、運転席には誰も待機しておらず、おまけにドアが中途半端に開けっぱなしになっていたこと。

几帳面《きちょうめん》な嶺人にはとてもあり得ないことで、それくらい焦って駆けつけたのだろうと思うと、なんだか複雑な気持ちになった。

ついいろいろ考え込んでいると、ふいに、翠が一華の肩に触れる。

「そういえばさ」

「……なに」

「〝嫌い〟って、ちょっと愛情を感じる文句だよね」

「……なんの話よ」

シラを切ったものの、当然ながら、一華には心当たりがあった。

ついさっき、まさにその言葉を嶺人に向けたばかりだからだ。

翠は一華の誤魔化しなどなかったことのように、さらに言葉を続ける。

「なんだか、可愛い文句だなぁって思ったんだよ。言うなれば、猫の甘噛みみたいな感じがして」

「……なに言ってるの。〝嫌い〟は〝嫌い〟。それ以上でも以下でもないし、別になにか含みを持たせたつもりもないから」

「なんの話かわかってんじゃん」

「…………」

ニヤニヤした表情に苛立ちが込み上げ、一華はその視線から逃れるように翠の車へ急ぐ。

そして、――この男はまさか、自分と嶺人の関係まで操作しようとしているのではないだろうかという疑念が生まれた。

「さすがに、無理だと思うけど」

「……なにが？」

つい心の声が口から出てしまい、翠が即座に反応する。

「別に。……ただ、なにもかも翠の思い通りにはならないって話」

一華はその視線を振り切るように、助手席に乗った。

フロントガラス越しに目に入ったのは、何度見ても衝撃的な、嶺人の車の停め方。

ただ、その雑さを眺めているうちに、一華の頭にふと、昨日のことが過った。

少女の霊に追われた一華を案じて駆けつけてくれたときの翠も、こんなふうに乱暴に車を停めていたと。

翠の計算高さを怪訝に思いはじめた今だからこそ、あのとき伝わってきた嘘のない心配が、心にスッと沁《し》みる気がした。

「……結局、私は甘やかされてるんだわ」

込み上げたまま呟くと、翠も嶺人の車を見ながら頷く。

「それくらい、大切だってことだよ」

その、しみじみと呟かれたひと言には、不覚にも胸がぎゅっと締め付けられた。

「…………」

「どした？」

「いや、……過保護だなって思っただけ。もちろん、嶺人が」

「……なんで強調すんの」

「いいから、早く帰りましょう」

「う、うん」

翠はポカンとしながらも、結局頷く。

一華は動揺がばれないよう咄嗟に寝たフリをしたものの、程なくして本当の眠気に襲われ、しばらく抗った末に意識を手放した。

これは居心地がいいからではなく、強い緊張から解放されたせいだと、自分に言い訳しながら。

＊

「――それにしても、奴の厄介さはまるで呪いだね。今はそんな立場にないというのに、一華への執着が強すぎる」

それは、オフィスの引き出しに溜め込んだ霊を預けるためホテルを訪ねた一華に、嶺人が口にした言葉。

面倒をかけるのだから愚痴くらい付き合おうと、ロビーのラウンジで嶺人と向き合いながら、一華は仕方なく相槌を打つ。

「でも、いろいろ守ってもらったりもしてるから」

「なにを言ってる……！　そもそも、危険を呼び込んでいる張本人だろう……！」

「だから、そうやってすぐヒートアップするのやめてよ……」

「……すまない」

〝嫌い〟の一件以来、嶺人は一華の言葉に、前より耳を傾けるようになった。

珠姫を式神にした件で、長期の東京滞在が確定してしまっただけに、ありがたい変化だと一華は思う。

とはいえ、長く会話していると余計な詮索をされかねず、一華はなるべく早く切り上げようと、頃合いを見てソファから立ち上がった。――しかし。

「……昔は、どちらかと言うと君が守る側だったのに、不思議なものだ」

ふいに嶺人が呟いたその言葉で、一華は思わず動きを止める。

「え？　私が、守る側……？」

聞き返すと、嶺人はあっさりと頷き返した。

「ああ、そうだよ。なにせ、奴は無能だったからね。あの日までは」

「あの日？　なに、それ……」

「あの日と言えば、ひとつしか、――いや」

それは、なにかを誤魔化したことがあまりにもわかりやすい反応だった。

よくも悪くも嶺人はまっすぐであり、嘘をついたりなにかを誤魔化すことは、あまり得意ではない。

「……なによ」

こうも不自然な態度を取られてしまった以上引き下がるわけにはいかず、一華は身を乗り出して嶺人に詰め寄る。——すると。

「そ、それより……、君は、どれくらい覚えているんだい？」

逆に問いかけられ、一華の頭にふと、かねてから気になっていた疑問が浮かんだ。

「どれくらいって、——昔、しょっちゅう翠と遊んでた頃の話……？」

探られていることが明白だったため、あえて知っている風を装うと、嶺人は瞳を大きく揺らす。

「……お、覚えてるのか？」

その顕著なまでの動揺っぷりから、やはり自分の記憶にはなにか秘密があるのだと一華は確信した。

「……ねえ、当時なにかあったの？　私が守る側ってどういうこと？　そもそも、私はなんでこんなに記憶が曖昧なの？　まさか、それも関係してる？」

「い、いや……」

「教えてよ。知ってるんでしょ」

「私は、なにも……」

「嘘ばっかり! もうバレバレなんだから、白状して!」

つい大声を出してしまい、周囲の客の視線が一気に一華に集まる。

途端に辺りはしんと静まり返るが、そんなタイミングで、嶺人の携帯が着信を知らせた。

「い、一華、すまない、電話だ。……今日はこれで失礼する」

嶺人はそう言うと、電話の相手の確認すらせず、伝票だけ持ってそそくさと席を後にする。

残された一華は、依然として刺さる視線に居心地の悪さを感じ、ふたたびソファに腰を下ろした。

「……調べないと」

込み上げるままに零れた小さな呟きが、即座にラウンジの雑音にかき消される。

改めて思い返せば、これまで一華は実家に対して、いっそ自分自身の存在自体をなかったことにしたいくらいの思いで拒絶し、逆になにかを知りたいだなんて一度も考えたことがなかった。

しかし、得体の知れない疑念が膨らみはじめた今、心にみるみる広がっていたのは、まったく違う感情。

あれ程要らないと思っていた自分の過去には、知らなければならない大切な事実が隠れているのではないか、――と。

心に浮かんだ予感に、胸のざわめきがしばらく止まらなかった。

この作品は文春文庫のために書き下ろされたものです。

DTP制作　エヴリ・シンク